魔《ま》女《じょ》とビッグマン発見器《はっけんき》

楢立悦子／作・絵

才能《さいのう》という未知の世界への旅立《たびだ》ち

松丸《まつまる》　数夫《かずお》

私《わたし》は何日この原稿《げんこう》とくらしていただろう。原稿《げんこう》用紙三百枚はかなり重い。紙ぶくろから厚手のビニール袋《ぶくろ》に替《か》え、どこへ行くにもぶらさげて運んだ。

週二回のデイサービスの通所、他の利用者は入浴とリハビリ・マッサージと続く。年寄《としよ》りは仲間《なかま》との会話が何よりも楽しい。だが私《わたし》は部屋の片隅《かたすみ》でこの原稿《げんこう》と対面する。

魔女《まじょ》はいるのかいないのか、筆者の問いがかすかに聞こえてくるようだ。

本屋や図書室の棚《たな》からこの本を選んだのは君だ。何で選んだのだろう。多分《たぶん》君にだけ聞こえる魔女《まじょ》の声、魔女《まじょ》の誘《さそ》い。

そうだ、君の選択《せんたく》は正しかったのだ。誰《だれ》もが心の中にいるもう一人の自分。「ビッグマン」。この存在《そんざい》を教えてくれたのは魔女《まじょ》のエッコさんである。

人間の心の成長は早くて楽しくてすぐ古びてしまう。この物語のおもしろさは早くて楽しいだけではない。一分でも一秒でも自分を変えようと努力する小さなこども、人間達《ビッグマン》の努力が描かれていることだ。

私《わたし》は登場人物のエッちゃんとネコのジンのたわいのない喧嘩《けんか》に注目する。単純で気の短いエッちゃん、知的で怒りっぽく情に弱いジン。この二人の関係が予想のつかない冒険《ぼうけん》や、個性的な人や動物をかり集めてくる。何とにぎやかなことだろう。

私《わたし》がこの作品の原稿《げんこう》を何日間も持ち歩いているのは私《わたし》の中に存在《そんざい》する「ビッグマン」にいつ会えるか楽しみだからである。

「ビッグマン」イコール「才能」、筆者の想像力は深くて広い。もう一つの発見は脳《のう》科学《かがく》の存在《そんざい》だ。才能《さいのう》は学習の継続《けいぞく》ということば──。

さあ、この本の前に立ち止まった君、君のビッグマンが呼《よ》んでいるよ。

行こう行こう、才能《さいのう》という未知の世界へ。今から旅立《たびだ》とう。

もくじ

♦ 才能《さいのう》という未知の世界への旅立《たびだ》ち　松丸数夫《まつまるかずお》

♠ プロローグ

グワーグワー！
ピロー、パロー！
ガーガーピービー！
宇宙《うちゅう》のど真《ま》ん中で、
いびきの大合唱《がっしょう》が聞こえます。
ねむっているのは、ビッグマン。

軽く百億《ひゃくおく》はいそうです。

白い羽の天使がやってきて、
「元気な男の子が生まれました。」
と言うと、かみさまは、
同じ名前《なまえ》のビッグマンを起《お》こして、
「あなたの番がきた！
　ドゥー　ユア　ベスト！」
と、言いました。

目を覚《さ》ましたビッグマンは、
ミズガメ座《ざ》の清らかな水で、
ブルブルッと顔を洗《あら》い、
空にかかっている虹《にじ》のタオルを取り、
ゴシゴシッと顔をふくと、
「最善《さいぜん》をつくします！」
と言って、地球《ちきゅう》におりていきました。

1　魔女《まじょ》を信じる人も信じない人も集まれ！

あるところに、おっちょこちょいの魔女《まじょ》がいました。その魔女《まじょ》の名前は、『マジョヨエツコ』。あいしょうで、エッちゃんと呼《よ》ばれていました。

あなたは、この世に魔女《まじょ》がいると思いますか？　それとも、いないと思いますか？

魔女《まじょ》を信じる人は、

「へえーっ。やっぱり、魔女《まじょ》はいたんだ。エッちゃんには、これからどんな冒険《ぼうけん》が待ち受けているかしら…。」

と言って、目を輝《かがや》かせることでしょう。

　でも、反対に魔女《まじょ》を信じない人は、

「今時《いまどき》、魔女《まじょ》？　いるわけないだろう？　そんなばかばかしい話、信じてるなんて、頭がおかしいんじゃないの？」

なんて言って、目をつり上げておこりだすかもしれません。

だけど、ちょっと考えてみてください。あなたは、魔女《まじょ》を信じないのに、タイトルに魔女《まじょ》とついたこの本を手にし、しかも、おどろくことに、今、ページさえめくっています。

うーん、これはもう、どうあがいても説明《せつめい》のしようがありません。魔女《まじょ》を信じるとか信じないというはんちゅうを超《こ》え、目に見えない何か…、もっと大きな力に導《みちび》かれて行動を起《お》こしている。そんな気がするのです。

つまり、この本とあなたとの出会い。それは、ただのぐうぜんじゃない。起《お》こるべくして起《お》こった、運命的《うんめいてき》な出会いなのです。だから、そんなにきりきりしないで、もう少しページをめくってみてください。


　エッちゃんは、故郷《ふるさと》のトンカラ山から人間界《にんげんかい》へ来て、今年で十二年目。子どもが大好きだったので、学校の先生になりました。子どもたちはエッちゃんの姿《すがた》を見つけると、『魔女《まじょ》先生、遊ぼう！』

とさけび、かけ寄《よ》ってきました。エッちゃんは、子どもたちの人気者でした。

「ま、ままま、魔女《まじょ》先生？　てことは…、子どもたちはエッちゃんが魔女《まじょ》だって知っていたの？」

みなさんのおどろきの声が聞こえます。

グッドタイミング！　さっそく、あなたの疑問《ぎもん》にお答《こた》えしましょう。でも、その前に、ここで大きく深呼吸《しんこきゅう》をしてください。なぜかって？　それは、あなたの呼吸《こきゅう》が、いくぶん速《はや》くなっているからです。

かりに、今、あなたは朝の読書をしているとしましょう。クラスメートの誰《だれ》かが、ふだんとちがうあなたに気づいて、注目しているかもしれません。他《ほか》の人に知られたら大変《たいへん》。パニックになるでしょう。いいですか？　教えるのはあなただけです。落ちついて、この続《つづ》きを読んでください。

それじゃ、言います。子どもたちは、エッちゃんが本当の魔女《まじょ》だと、信じていたわけではありません。苗字《みょうじ》の『まじょ』が言いにくかったため、単に魔女《まじょ》になっただけのことでした。

「やっぱり…。あーあ、期待《きたい》して損《そん》しちゃった。最後《さいご》には、エッちゃんの正体《しょうたい》は魔女《まじょ》ではなく人間《にんげん》でした。シャンシャン！　なんてことになるんじゃないの？」

みなさんの気落ちはごもっとも。でも、期待《きたい》を裏切《うらぎ》ってごめんなさい。エッちゃんは正真《しょうしん》しょうめいの魔女《まじょ》だったのです。

「ヒェー！」

エッちゃんは
（子どもの心がわかる、ほんものの先生になりたい。）

と思いました。

というわけで、ただ今、修行《しゅぎょう》の真っ最中《さいちゅう》。エッちゃんは、故郷《ふるさと》のトンカラ山では魔女《まじょ》の落ちこぼれでしたが、人間界《にんげんかい》へきて、少しずつ力をはっきし始めました。失敗《しっぱい》をおそれず検定試験《けんていしけん》にチャレンジし、次々《つぎつぎ》と難関《なんかん》を突破《とっぱ》していったのです。

でも、人間《にんげん》になるための道のりは、これからが本番。予期《よき》しない難題《なんだい》が立ちふさがり、行く手をはばむことでしょう。さて、エッちゃんは、この難関《なんかん》を突破《とっぱ》することができるのでしょうか？

それは読んでからのお楽しみ。

ところで、うっかりして大切な人を忘《わす》れるところでした。正確《せいかく》には、人ではなくねこなのですが…。エッちゃんには、気の合ったあいぼうがいました。ジンという名の白ねこです。

ジンは、たいそうかしこいねこでした。どれくらいかっていうと、人間《にんげん》たちの知識《ちしき》の結晶《けっしょう》である、最大《さいだい》の辞典《じてん》『広辞苑《こうじえん》』をすべて暗記《あんき》していたのです。掲載《けいさい》されている、およそ二十五万の言葉の意味は確実《かくじつ》に理解《りかい》され、わかりやすく説明《せつめい》することさえできました。

人間《にんげん》でいったら、『博士《はかせ》』とか『教授《きょうじゅ》』と名のつく地位《ちい》に就《つ》いていたかもしれません。でも、ジンは、この地位《ちい》や名誉《めいよ》が大《だい》きらいでした。

どうしてかって？　それらは、自分の心をだめにすることを知っていたからです。もし、心があぐらをかいてしまったら、努力《どりょく》はなくなるでしょう。ジンは『日々向上《ひびこうじょう》』を合《あ》い言葉に、

（自分の満足《まんぞく》する生き方がしたい。）

と、一心《いっしん》に願って、今日《きょう》まで生活してきました。

ある日、ジンはふと考えました。

（ぼくにとって、満足《まんぞく》する生き方ってなんだろう？）

考えていくうち、

（うーん、それは、自分の仕事をいっしょうけんめいに行《おこな》うことではないだろうか。）

と、思えてきました。

（人間界《にんげんかい》に、エッちゃんのあいぼうとして選《えら》ばれ、送られたからにはせいいっぱい努力《どりょく》して、エッちゃんを一人前《いちにんまえ》の人間《にんげん》にしたい！）

と、強く思いました。

しかし、エッちゃんの性格《せいかく》ときたら、気が強くそうとうなわがままでしたので、あいぼうのジンとはけんかばかり。さて、ジンは、エッちゃんを一人前《いちにんまえ》の人間《にんげん》にすることができるのでしょうか？

2　ビバルディの春

「誰《だれ》かしら?」

　ゆうびん受けに、手のひらサイズの手紙が入っています。あまん色のふうとうを手に取ると、エッちゃんは笑顔《えがお》になり、

「うふふっ、ともこさんね。」

とつぶやきました。

　どうしてわかるかって? それは長年の勘《かん》。差出人《さしだしにん》を見なくたって、誰《だれ》だか当てられます。当

たる確率《かくりつ》は100パーセント。その証拠《しょうこ》に、裏返すとほら！　差出人《さしだしにん》は、予想通《よそうどお》り、『ともこ』と書いてあるでしょ。

ともこさんは、しょうへい君のお母さんです。エッちゃんは、しょうへい君が小学一年生の時の担任《たんにん》でした。あれから何年かたち、しょうへい君は中学三年になっていました。その間、ともこさんは、絶《た》やすことなく手紙をくださっていたのです。おかげで、三人の子どもたちの成長や、ご家族の様子《ようす》が手に取るようにわかりました。

手紙はこう始まりました。

『まるで舞台《ぶたい》の幕《まく》が開いたかのように、一気《いっき》に春、春、春。うっとりながめているうちにとつぜん嵐《あらし》がやってきて、かけ抜《ぬ》けていった後にツバメやヒバリの声。まるで、『ビバルディの春』のようです。今日《きょう》はツバメの話です。』

さて、私《わたし》がこの家にとついで初《はじ》めて、ツバメが子育てをしてくれました。6月の始め、巣《す》の下でたまごのカラを見つけてから、毎日《まいにち》、そっと巣《す》を見上げていました。

1週間たつと、それは小さな声が聞こえてきました。2週間たつと、ボサボサ頭の子どもたちが、下を見下ろしていました。興味深《きょうみぶか》げに、落ちそうなほど身を乗り出して下をのぞく子、人間《にんげん》の姿《すがた》にぱっと巣《す》の中にかくれる子、兄弟でも性格《せいかく》ってちがうのかな？　と楽しくなりました。そのうち、はばたく練習《れんしゅう》を始め、3週間後、ぶじに巣《す》立ちをむかえました。

一番に外に出て、親鳥といっしょに電線に止まっている子。もうちょっと練習《れんしゅう》をしてからと思っているのか、はなれの中を飛び回っている子。親鳥がエサを運びながら、

「早く出ておいで。」

とさそうように巣《す》の下をくるくる回っていても、どっかりとすわったまま出てこない子。いったん巣《す》から出たものの、すぐにもどってエサをおねだりしている子。4羽、それぞれでした。

（人間《にんげん》の子どもと同じなんだ。ツバメって、いっせいに飛んでいってしまうのかと思ったら、そうじゃないんだ。）

夕方、巣《す》を見ると、1羽だけ残《のこ》っています。

（この子はどうなるのかな?）

次の朝、巣《す》をのぞくと、まだいました。親鳥が、エサを運んでいました。その後、まもなく、巣《す》はからっぽになりました。

　私《わたし》は、ツバメの行動に目をやりながら、胸《むね》がいっぱいになりました。大雨の日も子どもたちにエサを運んでいた姿《すがた》、成長の早い子もおそい子も同じように育て、自分の力で巣《す》立つまで待ってやる姿《すがた》、その親鳥の姿《すがた》に、人間《にんげん》の親もこうあるべきだよなあと思いました。

　これから高校受験《じゅけん》や大学受験《じゅけん》が待ち構《かま》えているけれど、ツバメの親心を見習わないといけないなと感じました。


（ともこより）

何日かすると、今度はハガキが届《とど》きました。

この間、犬の散歩《さんぽ》をしていてふと空を見上げたら、ヒツジ雲が青いベルトコンベアーに乗っているみたいにゆっくりと形をくずさず流れていました。ずっとずっと下を向いてばかりの毎日《まいにち》、ひさしぶりに空を見上げて深呼吸《しんこきゅう》をしました。

夕方、洗濯物《せんたくもの》をたたみながら、

「毎日毎日《まいにちまいにち》、夕食を何にしようか考えちゃうなあ。」

とため息まじりに言うと、しょうへいが、

「大変《たいへん》だね。でも、あっ君の家はお母さんが料理をしないで、買ったものを食べるんだって。うちは、お母さんが作ってくれるからありがたいよ。」

と、ちょっぴり恥《は》ずかしそうに答《こた》えました。

「あら、ありがとう。」

と言うと、

「当たり前じゃん。」

とつぶやきました。

私《わたし》は、子どものころ、母親が食事を作るのは当たり前だと思っていました。しょうへいのように感謝《かんしゃ》する心がなかったように思います。しょうへいの言葉がうれしくてうるうるしました。

『食は人を良くする』と書きます。今夜も、心をこめてつくりましょう。

（ともこより）

エッちゃんはともこさんの手紙を読むと、心が清《きよ》らかになるのを感じました。ふだん、忙《いそが》しさの中で忘《わす》れかけていた大切な心に気づかせてくれるのです。

それは、なければないで生活ができるけれど、気づくことにより、家族や子どもたち、地域《ちいき》の人々《ひとびと》に日々《ひび》感謝《かんしゃ》して生活をすることができました。

3　フクロウ深夜便《しんやびん》

あんずの里に、あたたかい春がやってきました。でも、少し小高いところにあった野山は、春が来たことを知りません。冬にふった雪があつくつもったままでした。お日さまはつもっている雪に、

「ユッキー、もう春ですよ。」

とやさしく語りかけると、雪は目をぱちくりさせて、

「えっ、冬は終わったのですか？」

と、たずねました。お日さまは、

「ええ、今日《きょう》は立春《りっしゅん》。里にはあんずの花が、ちらほらと咲《さ》き始《はじ》めました。」

と言うと、光のうでを強くしました。

「りょうかい。サニー、また来年会いましょう。」

雪はまとっていたドレスをぬぎすてると、お日さまの前にぬけるような白いはだを投《な》げ出しました。軽《かる》く目を閉《と》じ体中の力を抜《ぬ》くと、雪は透明《とうめい》な水になり、チョロチョロと流れ出しました。

「ユッキー、お疲《つか》れさま。」

お日さまの声が終わらないうちに、野山にあった雪がとけだし、白かった山はチョコレート色になりました。

　雪どけ水がさらさらと流れ出すと、まわりに咲《さ》いていたカタクリの花が、

「次は、わたしたちの番です。」

とほほえんで、かたいつぼみをふくらませました。明日は、いっせいに花びらを開くでしょう。


　エッちゃんはねむい目をこすり、カーテンを開けると、

「どこもかしこも春。あたしも、今日《きょう》からうれしい春休み。」

と、さけびました。

　窓《まど》を開けると、生まれたての風がそよそよと入って、カーテンをゆらしました。大きく息をすうと、パワー全開《ぜんかい》。

（100メートル走をしたら、優勝《ゆうしょう》ね！）

とつぜん、めらめらと勇気《ゆうき》がわきあがってきました。

　エッちゃんは、ひどい運動音痴《おんち》でしたが、今なら勝てる気がしました。生まれたての風は、栄《えい》養《よう》ドリンク3ダース分ものききめがありそうです。

　窓《まど》の外では、つぼみだったサクラの木がいっせいに花を開き、庭のスミレやタンポポもかわいいつぼみをつけました。

「ジン、何かすてきなことが起《お》こりそうな予感《よかん》がするわ。そうだわ、あたしの王子様が、今日《きょう》こそ、目の前にあらわれる。」

エッちゃんがつぶやくと、ジンは、

「あーあ、また、もうそうが始まった。あんたの予感《よかん》には根拠《こんきょ》がない。そのくしゃくしゃ髪《がみ》に王子様は何ていうだろう？　愛《あい》をかたる前に、おそらく腰《こし》を抜《ぬ》かすだろうよ。」

と、あきれた顔で言いました。

「あんたって、人の気持ちをふみにじる天才ね。せっかくいい気分だったのに、だいなしだわ。そんなことより、そうだ！　いいお天気だし、空の散歩《さんぽ》でもしましょ。ジン、わかっていると思うけど、あんたは留守番《るすばん》。この町のねこ100匹《ぴき》乗せても、ごめん、あんただけは乗せたくないの。」

エッちゃんがぷりぷりしてほうきに手をやった時、おなかの虫がグーっと鳴《な》りました。

「おなかがすいてはいくさはできぬ！　まず、はらごしらえね。」

と言うと、今度は鼻歌《はなうた》を歌い朝食の準備《じゅんび》を始めました。

「ジンは、何がいい？」

エッちゃんは、冷蔵庫《れいぞうこ》を開けると声をはずませました。

「何と聞かれたら、もちろん、スペシャルおさしみバーグさ。まぼろしの一品だもの。だけど、そんなのは無理《むり》だってわかってる。おなかに入れば、何だっていいよ。」

ジンはあきらめたようにつぶやくと、エッちゃんが瞳《ひとみ》を輝《かがや》かせました。

「まかして！　きのう、いただいたお給料《きゅうりょう》で、おさしみを買っておいたの。」

「サンキュー！　あの味に会うのはひさしぶりだよ。」

ジンはこうふんしてさけびました。

「どういたしまして。ジンは、あたしの大切なあいぼうだもの。」

エッちゃんはにこにこして言いました。ジンは、

「まったく人さわがせなあいぼうだ。さっきまでぷりぷりおこっていたかと思ったら、いつの間にか笑《わら》ってる。調子《ちょうし》くるっちゃうよなあ。ぼくがいくら努力《どりょく》しても、とうてい真似《まね》できない芸当《げいとう》だ。しかし、うらやましい性格《せいかく》をしてるよなあ。」

と、つぶやきました。


エッちゃんがおやすみのパックをしている時、ジンが、

「ほらね、やっぱり何もなかった。」

と、意地悪《いじわる》く言いました。その時、トントントンとドアをたたく音がしました。

「誰《だれ》かしら？　こんな真夜中《まよなか》に…。」

エッちゃんが、ぶつぶつ言いました。パックをしていたので、顔がつっぱって口が開かなかったのです。

「真夜中《まよなか》の12時。人間《にんげん》たちが寝静《ねしず》まっている時間だ。ふつう、こんな時間にお客さんは来ない。

風のいたずらじゃないかなあ。」

ジンが言いました。ちょうどその時、柱時計が12時をさし、ハトがポッポッと鳴《な》きました。

するとまた、トントントンとドアをたたく音がしました。

「やっぱり、だ、だ、だれかいる。」

エッちゃんの声は、ふるえていました。

「ああ、風じゃなさそうだ。」

「まさか、おばけなんかじゃ…。」

エッちゃんは、泣《な》きそうな声で言いました。

「おばけは戸をたたかないで入ってくる。大じょうぶ。お客さんだよ。」

「だけど、こんな時間にお客さんは来ない。さっき、ジンが言ったばかりよ。」

エッちゃんは、こわさにいかりをぶつけて言いました。

「しかし、まちがいなく誰《だれ》かいる。こんな時には、勇気《ゆうき》が必要《ひつよう》だ。」

「わかってる。ジン、ついてきてね。」

覚悟《かくご》を決めて歩き出すエッちゃんのあとを、ジンはびくびくしながらついていきます。エッちゃんは、目をつぶっていきおいよくドアを開けました。


さて、こんな真夜中《まよなか》に、戸をたたいていた人物は、一体誰《だれ》だったでしょう？　目の前に立っていたのは…、フクロウのパパでした。胸《むね》には、『フクロウ深夜便《しんやびん》・見習い中』と書いたバッジがついています。

フクロウのパパは、下を向き恥《は》ずかしそうに、

「お届《とど》けものです。」

と言って、包《つつ》みを渡《わた》しました。顔をあげた瞬間《しゅんかん》、とさけび、とびたっていきました。どうやらエッちゃんの顔を見て、おばけだとかんちがいしたようです。

「オ、オバケー」

いずみの森では、宅急便《たっきゅうびん》の業者《ぎょうしゃ》が、『クロネコ』に負けてはいられないと、『フクロウ深夜便《しんやびん》』を開業《かいぎょう》したのです。特徴《とくちょう》は、24時間営業にありました。ふつうの宅急便《たっきゅうびん》は、夜の9時ごろになると終了《しゅうりょう》ですが、この便は、オールナイト、一晩《ばん》中、配達《はいたつ》をしていたのです。自由自在《じゆうじざい》で、一見《いっけん》、便利《べんり》なようですが、じつは、反対に不便《ふべん》だったかもしれません。

なぜって？　それは、深夜便《しんやびん》と名のつくほどですから、配達《はいたつ》は人間達《にんげんたち》が寝静《ねしず》まった夜が中心になります。送る側《がわ》は、気が向いた時間に送るわけですが、送られた側《がわ》はまったく知りません。悪く言えば、真夜中《まよなか》にたたき起《お》こされるということになるのです。

今日《きょう》は、たまたま、エッちゃんが起《お》きていましたが、いつもこうとはかぎりません。二、三日続《つづ》けば、睡眠不足《すいみんぶそく》になることは、確実《かくじつ》でした。

少しすると、フクロウのパパは、羽をパタパタさせもどってきました。何やらあわてた様子《ようす》です。

「なにか？」

エッちゃんがたずねました。

「ここに、サインをお願《ねが》いします。ついうっかりして、忘《わす》れるところでした。これがないと、わたしはすぐにくびです。今日《きょう》が、初仕事だというのに…。スタートがこんな事では、ああ情《なさ》けないことです。」

フクロウのパパは、小さな紙を手渡《わた》すと、恥《は》ずかしそうに頭をかきました。

エッちゃんがパックをはがした顔で、紙にサインをすると、フクロウのパパは顔をまじまじと見つめ、

「さきほどは、こんなにきれいな人をおばけなどといって、失礼《しつれい》いたしました。」

と、頭をペコリと下げました。たとえおせじでも、きれいと言われると、エッちゃんは、天にものぼる気持ちになりました。

「あたしこそ、ごめんなさい。あなたをおどろかすつもりは、これっぽっちもなかったんだけど……。」

「承知《しょうち》いたしております。わたしが、真夜中《まよなか》にとつぜん、訪問《ほうもん》などしているからいけないのです。ああ、しかし、これがわたしらの仕事なもので、お許《ゆる》しください。」

フクロウさんは、あたふたしながら首を一回転させると、深々《ふかぶか》と頭を下げました。

エッちゃんは、フクロウさんの一回転に思わず見とれてしまいました。

4　ウメ姉《ねえ》さんのコピー？

「こんな真夜中《まよなか》に、ごくろうさま。だけど、これがフクロウさんの初仕事だったなんて…。なんだか、他人《たにん》とは思えない。あなたとは、何かふしぎな縁《えん》を感じるわ。故郷《ふるさと》は、どちら？」

エッちゃんは、目をぱちくりさせてたずねました。

「わたしの故郷《ふるさと》は、確《たし》か、トンカラ山といったかな？　耳慣《みみな》れないでしょう。さすがに、地図をさがしても、のっておりません。つい最近《さいきん》になり、先祖代々《せんぞだいだい》、受け継《つ》がれている過去帳《かこちょう》とやらを見てわかったのです。その中には、ご先祖《せんぞ》さまのいつ話《わ》がいくつかのっており、興味《きょうみ》深く読みました。」

フクロウのパパは、昔《むかし》のことを思い出し、静《しず》かに言いました。

「えっ、トンカラ山？　あたしの故郷《ふるさと》もトンカラ山よ。耳慣《な》れないどころか、よーく、知ってる。子どものころ、あの大自然《しぜん》の中で毎日《まいにち》真っ黒になって遊んでいたわ。野山をかけ回ったり、川で泳いだり、楽しかったなあ。星なんて、ザックザク。毎晩《ばん》、花火があがったみたいに輝《かがや》いていた。やっぱり、フクロウさんとの出会い、ぐうぜんとは思えない。なんだか、わくわくしてきた。ねえ、フクロウさん、ご先祖《せんぞ》さまのいつ話《わ》、教えてちょうだい？」

エッちゃんの好奇心《こうきしん》は大きくふくらんで、今やしぼみそうにありません。

「まさか、この人間界《にんげんかい》にきて、故郷《ふるさと》が同じ方とめぐり合えるなんて、考えてもみませんでした。まさに、奇跡《きせき》です。しかし、生きていると、こんなことがあるのですね。だから、人生《じんせい》は楽しい！運命《うんめい》に感謝《かんしゃ》し、フクロウ家に伝《つた》わるいつ話《わ》をひとつ、紹介《しょうかい》しましょう。」

と言うと、フクロウさんは、大きな目を閉《と》じて語り始めました。

「この世が始まったころ、カラスの羽は白く、カアーカアー鳴《な》いていたそうな。ぎょろ目のフクロウ、つまり、わたしたちのご先祖《せんぞ》さまは、昼間も目が見えて、ホウッホウッと鳴《な》いていたそうな。ところが、ある日、おきさき魔女《まじょ》には、二つの鳴《な》き声がいっしょになり、『アホウ、アホウ！』と、聞こえてしまったのです。いらいらしたおきさき魔女《まじょ》は、カラスの羽を闇《やみ》のように黒くし、ぎょろ目のフクロウの目を昼間見えないようにしたそうです。地球《ちきゅう》が始まったばかりのころ、わたしたちのご先祖《せんぞ》さまは、昼間活動をしていたなんて…。この事実《じじつ》を知って、どんなにおどろいたことでしょう。わたしには、フクロウは夜活動するから、フクロウなんだという常識《じょうしき》がありました。ですから、いつ話《わ》をよんだ瞬間《しゅんかん》、フクロウ族の常識《じょうしき》が、がらがらと音を立ててくずれ落ちました。

『もし、他《ほか》の動物たちと同じように、昼間、活動できたら、わたしたちの人生《じんせい》はどうなっていたのだろう？』こんな想像《そうぞう》をすると、心がはずんできます。正直《しょうじき》いって、おきさき魔女《まじょ》をにくんだこともありました。でも、よく考えてみたら、わたしたちが、このように深夜《しんや》の仕事ができるのも、おきさき魔女《まじょ》のおかげ。感謝《かんしゃ》せねばなりません。」

と言うと、フクロウのパパは、左右の羽をこすり合わせ一礼しました。

「その話、いつか魔女《まじょ》ママから聞いたことがある。おきさき魔女《まじょ》は、あたしのおばあちゃんなの。魔女《まじょ》たちの間では、『短気のおきさき魔女《まじょ》』と呼《よ》ばれ、いつのころからか、『たんきっき魔女《まじょ》』として語り継《つ》がれているわ。もしも、おきさき魔女《まじょ》があの魔法《まほう》をかけなければ、あたしたちはここで出会わなかった。昼間活動するフクロウさんが、深夜便《しんやびん》の仕事をするなんて考えられないことだもの。あたしたちの出会いが運命《うんめい》だとすると、フクロウさんは、やはり夜中に活動するということが条件《じょうけん》になる。と考えると、やはり、おきさき魔女《まじょ》の行動は正しかった。単《たん》なるいたずらではなく、深い意味がかくされていたってことになる。以前《いぜん》、『世の中に起《お》こることは、すべて意味がある。無駄《むだ》なことは何ひとつない。』って、聞いたことがあるけれど、まったくそのとおりだって思うの。」

エッちゃんがこうふんして言うと、フクロウのパパは丸《まる》い目をぎゅっと見開いて、

「やはり、あなたは魔女《まじょ》さまでしたか。」

「やはりって、どういうこと？」

「いや、ここに届《とど》けられた包《つつ》みが、ふしぎに満《み》ちていたからなのです。」

「ふしぎ？」

エッちゃんの目がキラリと光りました。

「ええ、ふしぎです。この魔女《まじょ》さまの家に来るまで、そりゃあふしぎの連続《れんぞく》でした。」

フクロウのパパの目も光りました。

「ところで、魔女《まじょ》さまはやめてちょうだい。あたしらしくないもの。自己紹介《じこしょうかい》がおくれたけれど、あたしの名前はエツコっていうの。エッちゃんと呼《よ》んでください。」

「わかりました。エッちゃんと呼《よ》ばせていただきます。わたしの名前はシンイチ。亡《な》くなった両親が、真実一路《しんじついちろ》の真と一をとってつけたそうです。真実《しんじつ》というのは、うそ偽《いつわ》りがないこと。一路《いちろ》というのは、つき進むこと。つまり、ふたつあわせて、まことに向かいまっすぐにつき進むように！　との願《ねが》いがこめられています。そういえば、子どものころ、父はわたしに、『よそみはせず、自分のやりたいことを一心不乱《いっしんふらん》にやりなさい。』と…。母は、『誰《だれ》に何を言われても疑《うたが》わず、信じて生きなさい』と、よく言っていました。わたしは、両親がつけてくれたこの名前がとても気に入っています。ああ、そうだった。この名前に恥《は》じないよう、生きなくちゃな。」

と言うと、小さくホッホッと笑《わら》いました。

「シンイチ、いいひびきね。ところで、シンちゃん！　ああ、シンちゃんと呼《よ》ばせてもらっていいかしら？」

「もちろんです。みんなから、そう呼《よ》ばれています。」

フクロウのパパはにこにこして言いました。

「シンちゃん、話の続《つづ》きだけど、さっき言ってたふしぎって？」

エッちゃんの瞳《ひとみ》は、また輝《かがや》き始めました。

「エッちゃんが魔法《まほう》使いだから話せるのですが、この荷物《にもつ》は、ここに配達《はいたつ》されるまで、じつにふしぎに満《み》ちていました。他《ほか》の人には話せず、うずうずしていたのです。話したところで、きっと信じてはもらえませんけどね。」

と、低い声で言いました。

　フクロウのパパの声は、合唱《がっしょう》でいったらバス。低音の魅力《みりょく》がありました。でも、真夜中《まよなか》に、こんな声でこわい話をされたら、ねむれなくなるかもしれません。エッちゃんは、背筋《せすじ》がぞくぞくしてきました。

「立ち話は危険《きけん》です。寝静《ねしず》まっていますが、誰《だれ》かが聞いているかもしれません。どうぞ、中へお入りください。ところで、お仕事は大じょうぶですか？」

　ジンが、心配そうにたずねました。

「そ、そうでした。ネコさんの言うとおり！　わたしは、今、大切な仕事中でした。まさに、今日《きょう》が初出勤《しゅっきん》で、その上、店員はわたし一人《ひとり》ときてる。ついさっき、店長から早く帰ってくるよう、命《めい》じられたばかりです。それなのに、長々《ながなが》と話しこんでしまいました。すぐにもどらなくちゃ。でもなあ…、こんな運命的《うんめいてき》な出会いは、めったにあるものじゃなし…。ええい、決めた！　もしくびにでもなったら、また仕事をさがしますよ。わたしは、今、とってもあなた方と話がしたいのです。」

　フクロウのパパは、覚悟《かくご》を決めたように言いました。

「大じょうぶ。なるようになる。別に、遊んでいるわけじゃなし。お客さんと話をすることも、大事な営業の仕事だわ。目に見えないお客さんとの信頼関係《しんらいかんけい》の糸を結《むす》ぶ。何より貴重《きちょう》な仕事じゃないの。店長さんの器《うつわ》が大きかったら、それくらい理解《りかい》できるはずよ。それがわからない店長さんだったら、こっちからやめちゃえばいい。」

　エッちゃんが、ゆっくりと言い聞かせるように言いました。

「そうします。でも、エッちゃんは決断力《けつだんりょく》がありますね。さばさばして、まるで男の人みたいだ！」

フクロウのパパが目をくりくりさせてほめると、エッちゃんは、

「ほめてもらって光栄《こうえい》です。でも、男の人みたいになりたくはないわ。だって、まだ、独身《どくしん》なんですもの。」

と言って、ちょっぴり顔を赤くしました。

「失礼《しつれい》しました。ホッホッホッ。」

フクロウのパパが笑《わら》うと、なんだか、楽しくなってきました。

「それじゃ、あらためて、中へお入りください。紹介《しょうかい》がおくれましたが、ぼくはジンといいます。」

「それじゃ、ジン君、エッちゃん、おじゃまします。」

フクロウのパパは、エッちゃんの差《さ》し出した人差《さ》し指《ゆび》にいったん止まると、パタパタとんで、テーブルの上にあったやかんの柄《え》に着地しました。エッちゃんが、

「ソファーはいかが？」

と言うと、

「いえ、こちらの方が何倍《なんばい》もゆったりとできます。これはいい止まり木だ。」

と言って、話し始めました。

「つい先ほど、電話でこの荷物《にもつ》のいらいがありました。お客さんは、『今日《きょう》の深夜便《しんやびん》で届《とど》けてください』とたのまれました。じつは深夜便《しんやびん》は今日開業《きょうかいぎょう》したばかり。あまり宣伝《せんでん》もしていないのに、よく電話番号がわかったものだと感心いたしました。店長と、社員はわたし一人《ひとり》しかいません。店長のキツツキは主に店番をし、わたしが配達《はいたつ》の業務《ぎょうむ》を担当《たんとう》しています。電話が鳴《な》った時、夜が苦手《にがて》な店長はすでにねむっていたので、近くにいたわたしが電話をとることになりました。

この電話が、開業《かいぎょう》一番乗りのお客さん。声から、明るい女の人だということがうかがわれました。わたしは初《はじ》めての電話に、ドキドキがとまりませんでした。女の人の名前は、ウメさんといいました。『お届《とど》けする品物は、どこに？』とたずねると、なぜか、『おたくに送った。』と言います。目をこすってもう一度さがし、『失礼《しつれい》ですが、ありませんよ。』と答《こた》えると、『今瞬間《しゅんかん》移動《いどう》させたところです。』というではありませんか！　魔法《まほう》使いでもなければ、現実《げんじつ》にそんなことできるはずがない。わたしは、

（きっとこの女の人にだまされている。）

とっさにそう思いました。すると、目の前に、とつぜんこの荷物《にもつ》があらわれたのです。まるで、魔法《まほう》を使っているみたいでした。そこで、わたしは確信《かくしん》しました。この包《つつ》みを送ってきた差出《さしだし》人《にん》は魔法《まほう》使いだということを…。もはや、信じるしか方法《ほうほう》がありません。この魔法《まほう》使いが荷物《にもつ》を送った相手《あいて》がやはり、魔女《まじょ》だったというわけです。わたしは、トンカラ山にいた時は、そりゃあたくさんの魔女《まじょ》たちを見てきましたが、人間界《にんげんかい》に来て魔女《まじょ》に会ったのは初《はじ》めてのことでした。

今、とてもなつかしく、うれしい気持ちがしています。」

フクロウのパパは、今までのことを話すと、一気《いっき》に気持ちが軽《かる》くなりました。

「シンちゃん、ふしぎな話をありがとう。それから、真夜中《まよなか》の配達《はいたつ》をありがとう。これからもよろしくね。よかったら、仕事がなくても、遊びにきてください。」

「ありがとうございます。本当に、今日《きょう》はうれしかった。きっと、また来ます！」

シンちゃんは、元気よく暗闇《くらやみ》に消えていきました。

ウメさん、それはなつかしいご先祖《せんぞ》さまの名前でした。この魔女《まじょ》は先祖代々《せんぞだいだい》続《つづ》く魔女家《まじょけ》の十七

代目。あいしょうで『コンピューター魔女《まじょ》』と呼《よ》ばれていました。なぜそんな名前がついたかというと、部屋《へや》の中がコンピューターでうめつくされていたからです。この魔女《まじょ》の仕事は発明《はつめい》をすることでした。

すばらしい発明《はつめい》ができると、エッちゃんに見せたくてやって来ました。夢《ゆめ》がかなうというクッキー、身体《からだ》が透明《とうめい》になるふしぎな曲、エッちゃんは、以前《いぜん》、この曲を聞き、透明《とうめい》になってさまざまな冒険《ぼうけん》をしたのです。

「でも、どうしてウメ姉《ねえ》さんたら、宅配便《たくはいびん》にしたのかしら？　変《へん》ねぇ、いつもだったら、発明品《はつめいひん》は自分で持ってくるのに…。」

エッちゃんは、首をかしげました。

その時、電話が鳴《な》りました。あわてて受話器を取ると、なんと、ウメ姉《ねえ》さんではありませんか。

エッちゃんは目をぐるんぐるんさせると、一番気になっていることをたずねました。

「ウメ姉《ねえ》さん、発明品《はつめいひん》をありがとう。でも、どうして、宅配便《たくはいびん》なの？　いつもだったら、どんな真夜中《まよなか》でも、会いにきてくれるのに…。もしかして、あたしのことをきらいになったの？　それとも、病気？」

「よく考えて！　エッちゃんのことがきらいだったら、発明品《はつめいひん》は送らない。それに、病気じゃ発明品《めいひん》なんて創《つく》れないでしょ。心配はご無用。わたくし、病気どころか、ピンピンしているわ。」

ウメ姉《ねえ》さんは、明るく答《こた》えました。

「それじゃ、どうして？」

「…。」

しばらく沈黙《ちんもく》が続《つづ》きました。ウメ姉《ねえ》さんは、何か迷《まよ》っているようでした。エッちゃんは、どんな返事がとびだしてくるのか、ドキドキしました。

　ウメ姉《ねえ》さんは、ようやく、口を開くと、はっきりとした口調《くちょう》で言いました。

「ごめん、じつはうそをついていたの。」

「うそ？」

「ええ、そうなの。何度も本当のことを言おうと思ったわ。でも、できなかった。なぜなら、それがわたくしの『使命《しめい》』だったから…。でも、天真《てんしん》らんまんなエッちゃんを見ていたら、これ以上《いじょう》、だまし続《つづ》けることができなくなってしまったの。コピーにだって…、コピーにだって多少の意志《いし》はある。」

ウメ姉《ねえ》さんは、覚悟《かくご》を決めたようでした。

「何を言おうとしているの？　あたし、なんだかこわい。」

エッちゃんは、大きな不安《ふあん》におそわれて、ぶるぶるとふるえだしました。

「ごめん。わたくしったら、エッちゃんをこわがらせちゃったみたい。でも、心配はいらない。別に、こわい話じゃないもの。心を落ち着かせて聞いてね。じつは…、ほんもののウメ姉《ねえ》さんはあの世に住んでいるの。」

「えっ、ほんもの？　ほんものって、一体、どういうこと？」

エッちゃんは、さけぶように言いました。

「もう一度言うわね。わたくしは、ほんものじゃない。ウメ姉《ねえ》さんのコピーなの。」

「コ、コ、コピー？　それじゃ、今、あたしと話しているウメ姉《ねえ》さんは、うそなの？　あたしのおばあちゃんじゃないの？　そんなばかなことって…？」

エッちゃんには、まったく信じられません。

「今まで、だましてごめんなさい。ウメ姉《ねえ》さんは、あの世に住んでいる。悲しいけれど、人間《にんげん》も魔女《まじょ》も、一度死《し》んでしまったら、二度とこの世にもどってくることができないの。『死《し》』ってやつは、尊《とうと》くて、悲しくて、とってもてごわい怪物《かいぶつ》。いくら修行《しゅぎょう》を積《つ》んだ魔女《まじょ》でさえも、まったくたちうちできない。だから、生あるすべてのものたちに告《つ》げたい。今ある命《いのち》を、精一杯《せいいっぱい》生き抜《ぬ》いてほしいと…。」

「ええ。」

エッちゃんは、生きるということについて、同感し、大きくうなずきました。

「以前《いぜん》、お誕生日《たんじょうび》に、ふしぎな時計で過去《かこ》の魔女《まじょ》たちに会ったでしょ。あの時、エッちゃんが会ったウメ姉《ねえ》さんはほんもの。あの世に住んでいるウメ姉《ねえ》さんだったの。その後、透明《とうめい》になれる曲を持っていったのはわたくし。ウメ姉《ねえ》さんのコピーだったの。そして、コピーを創《つく》ったのは、もちろん、ウメ姉《ねえ》さんよ。」

「なぜ、わざわざそんなことを?」

エッちゃんは、たまらなくなってたずねました。

「ウメ姉《ねえ》さんは、エッちゃんに初《はじ》めて会ったあの日、運命《うんめい》を感じたそうよ。あの時、あなたのことが一目《ひとめ》で気に入ってしまったの。そして、発明品《はつめいひん》ができると、人間界《にんげんかい》に住むエッちゃんに一番んにプレゼントして、確《たし》かめてほしいと思った。でも、悲しいことに、エッちゃんと交信《こうしん》できない。なぜなら、さっきも言ったけれど、人間《にんげん》も魔女《まじょ》も一度死《し》んでしまったら、二度とこの世にもどれないから…。ウメ姉《ねえ》さんは、かわいい孫《まご》のエッちゃんと交信《こうしん》するためには、どうしたらいいか必死《ひっし》で考えた。何日も夜もねずに考えたそうよ。考えた結果《けっか》、すばらしいアイディアが生まれた。それが、自分のコピーだったってわけ。コピーなら、エッちゃんに気づかれずに、発明品《はつめいひん》をプレゼントできる。そこで、自分そっくりの魔女《まじょ》を創《つく》り出して、人間界《にんげんかい》のこの世に送ったってわけ。それがわたくし。」

ウメ姉《ねえ》さんのコピーは、静《しず》かに言いました。

「そうだったの。」

「コピーの使命《しめい》は、ほんもののウメ姉《ねえ》さんとしてエッちゃんと交信《こうしん》すること。だから、絶対《ぜったい》に正体《しょうたい》を明かしてはならない。ところが、コピーであるわたくしの意志《いし》が、それを許《ゆる》してはくれなかった。『だますこと』は、ご主人さまが愛《あい》する人、つまりエッちゃんにとって、ひどいしうちをしていることに他《ほか》ならないって思えてきたの。それにしても、ウメ姉《ねえ》さんは、宇宙《うちゅう》一すばらしい発明家《はつめいか》よ。今回のことで、さらに実感《じっかん》しているの。」

「どうして？」

「だって、ふつう、コピー、つまり、ロボットには感情《かんじょう》なんて存在《そんざい》しないでしょ。ところが、いとも簡単《かんたん》に注入してしまったのだもの。まったく高性能《こうせいのう》なコピーだわ。でも、かえって、そこに落とし穴《あな》があったってわけね。コピーに感情《かんじょう》はいらない。こんなことになってしまうのだから…。

ウメ姉《ねえ》さんの発明《はつめい》ロボットは大失敗《だいしっぱい》！」

ウメ姉《ねえ》さんのコピーは、さびしそうに言いました。

「大失敗《だいしっぱい》なんかじゃない。正直《しょうじき》に話してくれてありがとう。あたし、とってもうれしい。さっきは、ウメ姉《ねえ》さんのコピーと聞いてびっくりしたけれど、あたしは、感情《かんじょう》のあるあなたが好きよ。ウメ姉《ねえ》さんとあなたは、双子《ふたご》みたいで、とってもよく似《に》ている。だけど、感情《かんじょう》はちがう。なんだかウメ姉《ねえ》さんが二人《ふたり》いるみたいでわくわくする。感情《かんじょう》のないロボットとは友情《ゆうじょう》が築《きず》けないけれど、感情《かんじょう》のあるあなたとなら、友情《ゆうじょう》が築《きず》けそうなきがする。ウメ姉《ねえ》さん、あなたはコピーとして生を受けたかもしれないけれど、立派《りっぱ》な感情《かんじょう》がある。ロボットなんかじゃない。れっきとした人格《じんかく》を持った魔女《まじょ》よ。」

「うれしいことを言ってくれる。エッちゃんは、本当にやさしい子だよ。ウメ姉《ねえ》さんがほれこむのも無理《むり》はない。でも…、どうしよう。わたくしったら、秘密《ひみつ》をエッちゃんにばらしてしまった。もし、ウメ姉《ねえ》さんがこの事実《じじつ》を知ったら、わたくしは消されるかもしれないわね。ふふっ、でも、それがコピーの運命《うんめい》ってもの。運命《うんめい》には、さからえないわ。」

ウメ姉《ねえ》さんのコピーは、声をふるわせて言いました。

「大《だい》じょうぶよ。あたし、絶対《ぜったい》に言わないもの。知っているのは、あたし一人《ひとり》。ばれなきゃ、大《だい》じょうぶでしょ。」

「ありがとうね、エッちゃん。」

ウメ姉《ねえ》さんのコピーは、心があたたかくなるのを感じました。

「ところで、どこに住んでいるの？　あたし、遊びにいきたいな。」

エッちゃんは、興味《きょうみ》しんしんの顔で言いました。

「住んでいるのは、あの世とこの世の中間地点よ。ここには、わけありの人たちが住んでいるの。エッちゃんには悪いけれど、生きている人は立ち入り禁止《きんし》よ。でも、どうしても来たいのだったら、死《し》ぬしかないわね。」

「いやよ、そんなことできない！　死《し》ぬくらいだったら、遊びに行くのをがまんする。」

エッちゃんがあんまりあわてていったので、ウメ姉《ねえ》さんのコピーは、

「それがいいわね。」

と言って、くすくす笑《わら》いました。

「だけど、あの世とこの世の間に、住宅地があるなんて、知らなかったわ。あたしが遊びに行けないなら、ウメ姉《ねえ》さんが、この世に住めばいいのに…。この世はとっても楽しいわよ。」

「わたくしたちロボットには、戸籍《こせき》というものがないので、この世には住めないの。これは、ロボットの宿命《しゅくめい》ね。さっき言ったわけありっていうのは、簡単《かんたん》に言うと、戸籍《こせき》がない人たちのことよ。死《し》んでしまうと、戸籍《こせき》はなくなるでしょう。死者《ししゃ》はたいていあの世に行くけれど、ストレートであの世には入れないお化《ば》けたちがいるの。」

「えっ、お化《ば》けたちと一緒《いっしょ》に生活？　こわくないの？」

エッちゃんは、胸《むね》がドキドキしてきました。

「こわくなんてないわ。わたくしたちロボットには、『命《いのち》』というものがないの。生きている人間《にんげん》たちのように、もしかしたら、死《し》んでしまうかもなんて、恐怖《きょうふ》がないの。」

「そっか…。」

「コピーだもの。しかたないわ。」

と言うと、ウメ姉《ねえ》さんのコピーは、小さなため息をつきました。

「ふしぎな気持ちがするわ。ウメ姉《ねえ》さんが二人《ふたり》。よく考えたら、あの世の姉《ねえ》さんがこの世にこれるはずがなかった。あたしったら、やっぱりおっちょこちょいね。よく考えたら、すぐにわかりそうなことなのに…。」

「いいえ、ウメ姉《ねえ》さんの発明《はつめい》したコピーは、とっても精密《せいみつ》よ。姿《すがた》、形がそっくりなんだもの、誰《だれ》も気づかない。決して、エッちゃんのせいなんかじゃない。悪いのはわたくしの方。ずっと、だましててごめんなさい。」

ウメ姉《ねえ》さんのコピーは、電話口で頭を下げると、エッちゃんも、

「いいえ、コピーは、正体《しょうたい》を明かせない。だましていたことにはならないわ。悪いのは、うっかり者のあたしの方。ごめんなさい。」

と、電話口で頭を下げました。

「あははっ、わたくしたち、おたがいにあやまって…。何だか楽しくなってきた。」

「本当！　あははっ！」

二人《ふたり》は、しばし、笑《わら》っていました。笑《わら》っているうちに、一瞬《いっしゅん》くもった心が次第《しだい》に明るくなっていきました。

「あのね、深夜《しんや》の11時半過《す》ぎに、あの世のウメ姉《ねえ》さんがとつぜんやってきて、『この発明品《はつめいひん》をすぐに届《とど》けて！』と言うと、すぐに帰っちゃったの。いつもだったら、エッちゃんの家に直接《ちょくせつ》とびこむのだけれど、今晩《こんばん》は、早くお休みしようと思い、パックをしちゃったものだから、フクロウ深夜便《しんやびん》にお願《ねが》いしちゃったの。エッちゃんの家に行ってれば、わたくしの正体《しょうたい》はばれなかったのにね。まあいいか。」

「なんだ、おんなじ。あたしもパックしてた。」

「ふふふっ、わたくしたちって、なんだか似《に》てる。」

ウメ姉《ねえ》さんのコピーと、エッちゃんは、また笑《わら》いました。

5　発明品《はつめいひん》はなあに？

ハト時計は、午前一時を知らせました。でも、二人《ふたり》の会話は止まりそうにありません。ハト時計のハトさんは、あきれた顔をして時計の中にかくれました。

「ところで、ズバリ！　おたずねします。包《つつ》みの中はなあに？　それにしても、ずいぶん小さいわねぇ。この大きさから想像《そうぞう》すると宝石《ほうせき》かしら？　ねぇ、きっとそうよ。あたしの誕生石《たんじょうせき》はアメジスト。もしかしたら、ウメ姉《ねえ》さんが、アメジストの指輪《ゆびわ》をプレゼントしてくれたのかもしれないわ。」

エッちゃんは瞳《ひとみ》を宝石《ほうせき》と同じくらい輝《かがや》かせこうふん気味《ぎみ》に言うと、ウメ姉《ねえ》さんのコピーは、

「よく考えて！　ただのプレゼントなら、この地球上《ちきゅう》のどこでも買える。ウメ姉《ねえ》さんは、お金なんかでは絶対《ぜったい》に買えないすばらしい発明品《はつめいひん》を、プレゼントしてくれたの。」

と、いきおいよく言いました。

「それもそうね。急にどきどきしてきた！」

と言うと、エッちゃんは胸《むね》をおさえました。

「ウメ姉《ねえ》さんの発明品《はつめいひん》は、確《たし》か、『ビッグマン発見器《はっけんき》』とか言ってたわ。」

「ビ、ビッグマン発見器《はっけんき》？　この小さな包《つつ》みの中に大きい人…？」

エッちゃんは、目を白黒させておどろきました。

「あわてないで！　大きい人じゃなくて、ビッグマンを見つける道具が入っているの。エッちゃん、まず、包《つつ》みを開けてごらん。あけたら、何もかもわかる。」

ウメ姉《ねえ》さんのコピーは、静《しず》かに言いました。

「それもそうね。あたし、開けてみる！　その間、電話をいったん切るわね。ウメ姉《ねえ》さん、お願《ねが》いなんだけれど、包《つつ》みを開けたころ、またかけてほしいな。発明品《はつめいひん》の使い方を教えてほしいの。」

「オーケーよ。まかしておいて！」

ウメ姉《ねえ》さんのコピーは、自信たっぷりに胸《むね》をたたくと電話を切りました。

　エッちゃんが包《つつ》み紙をびりびりやぶくと、目の覚《さ》めるような夕日色したはこがあらわれました。

「ジン、開けるわよ。3、2、1！」

エッちゃんはカウントをしながら、ふたを開きました。はこの中には、一体何が入っていたでしょ

う？

　その時、エッちゃんの家のドアがトントントンと三回鳴《な》りました。

「誰《だれ》かしら？」

「もしかしたら、フクロウさんかもしれないよ。包《つつ》みの中身が知りたくなってもどってきたのかも…。」

ジンがつぶやいた時、外でさけび声がしました。

「わたくしよ。開けてちょうだい！」

「ウメ姉《ねえ》さんの声にそっくり。でも、まさかね。」

エッちゃんがあわててドアを開けると、さっきまで、電話で話していたウメ姉《ねえ》さんがあらわれました。

「あっ！」

エッちゃんは小さくさけびました。もしも、こうふんのレベルを計《はか》る機械《きかい》があったら、エッちゃんのそれは、この時、最大《さいだい》を記録したでしょう。

「エッちゃん、ひさしぶり！」

「ウメ姉《ねえ》さん！　来てくれたの？」

二人《ふたり》は手を広げると、どちらからともなく、だきあいました。

「会いたかったわ。でも、一言そえておく。わたくしはコピーよ。ほんものじゃない。」

「わかってる。でも、ウメ姉《ねえ》さんは特別《とくべつ》。あたしにとって、ほんものだわ。でも、どうしてここに…？」

エッちゃんがふしぎそうな顔でたずねると、ウメ姉《ねえ》さんのコピーは、だきしめていた手をゆるめて静《しず》かに言いました。

「あのね、ついさっき受話器を置《お》いた時、わたくしは自分のまちがいに気づいたの。」

「まちがい?」

エッちゃんの瞳《ひとみ》は、十五夜お月さまのようにまん丸になりました。

「ええ、とてつもなく大きなまちがい。地球上《ちきゅう》初となる、ウメ姉《ねえ》さんの必死《ひっし》の発明品《はつめいひん》を説明《せつめい》するのに、わたくしったら、電話ですまそうとしてた。実物《じつぶつ》も見せずに、言葉だけで…。こんなの最低《さいてい》。コピーにあるまじき行為《こうい》だわ。ああ、わたくしは、大変《たいへん》なあやまちをおかすところだった。でも、気づいてよかった。」

「ウメ姉《ねえ》さんって、まじめなのね。」

「そうでもないわ。ほんとのこと言うと、夜のおつとめのパックも終わったし…。なんやかんや言っても、ここにきた一番の理由《りゆう》は、エッちゃんに会いたくなったから。ただ、それだけよ。」

このとき、エッちゃんの心のかだんに、ピンクの幸せ小花が咲《さ》きほこりました。

「発明品《はつめいひん》はこれ。ついさっき、はこを開けたばかり。」

と言って、エッちゃんがはこから取り出したのは、シルバーのペンライトでした。ほどよい重さと、輝《かがや》きが、ほんものの銀であることを物語っていました。燃《も》えるようなボタン色のストラップがついており、エッちゃんは、さっそく首にかけてみました。

「あたしにぴったり! さすが、ウメ姉《ねえ》さんだわ。」

エッちゃんは、こうふんしました。ペンライトのスイッチをオンにすると、透明《とうめい》な明かりが灯《とも》りました。オフにすると、明かりが消えました。他《ほか》に、秘密《ひみつ》のスイッチらしきものはありません。

「なんだ、ただのペンライト。これなら、あたしも持ってる。昨年《さくねん》の林間学校の時、きもだめし用に買ったの。あーあ、期待《きたい》して、そんしちゃった。」

エッちゃんが、がっくりとかたを落として言《い》うと、ジンが、

「形はただのペンライトでも、きっと秘密《ひみつ》がある。そうでなきゃ、わざわざ送ってこない。」

と、瞳《ひとみ》を光らせました。

「ジンさんの言うとおり！」

と言うと、ウメ姉《ねえ》さんのコピーはエッちゃんから発明品《はつめいひん》を受け取って、

「部屋《へや》の電気を消してほしいの。」

と言いました。部屋《へや》を暗くすると、ペンライトのスイッチをオンにしました。部屋《へや》に明かりが灯《とも》りました。

「これは、エッちゃんが行《おこな》ったとおり。これからが発明《はつめい》なの。いい？　よく見てて！」

と言うと、ペンライトの頭の部分を、シャープペンシルのように、ポンと1回だけおしました。

すると、どうでしょう。あたりはあかね色に染《そ》まりました。まるで、夕焼《ゆうや》け空《ぞら》のようです。ウメ姉《ねえ》さんのコピーは、エッちゃんに焦点《しょうてん》を当て、光のシャワーを浴《あ》びせました。エッちゃんは腰《こし》に手をやり、

「なんだか、女優《じょゆう》さんになった気分。」

と、つぶやいた瞬間《しゅんかん》、それは小さなムシが、シルエットにあらわれました。エッちゃんのおへそあたりに、ぴったりとはりついています。

「おなかにノミ?」

ジンが、指差《ゆびさ》してさけびました。

「あたしの体にノミ？　そんなばかな。」

エッちゃんがさけびながら、ムシをふりはらおうとしましたが、びくともしません。

「エッちゃん、そのムシはあなたの心に住んでいるの。取ろうとしても、無駄《むだ》よ。」

エッちゃんの心は、一瞬《いっしゅん》こおりつきそうになりました。

「心にムシ？」

　次に、ウメ姉《ねえ》さんのコピーは、ペンライトの頭の部分をポンポンと2回おしました。すると、どうでしょう。あたりはカナリア色に染《そ》まりました。まるで、しゃく熱《ねつ》の南国のようです。ウメ姉《ねえ》さんのコピーは、ムシに焦点《しょうてん》を当て、光のシャワーを浴《あ》びせました。

そして、

「ビッグマンよ、出ておいで！」

と言うと、ゴールドに光るムシがエッちゃんの体からとびだしてきました。キラキラと光り、今や、部屋《へや》は昼間のように明るくなりました。

「おなかのムシがいなくなった。」

ジンがさけびました。その時、ムシはパタパタと空をまい、エッちゃんの手のひらに乗りました。

「こんにちは！　初《はじ》めまして。あなた、あたしの体の中から、出てきたの？」

「ソウデス。ワタシハ、イマ、ツヨイヒカリニミチビカレテ、アナタノカラダカラトビダシテキマシタ。アナタガ、ワタシノゴシュジンサマデス。」

ゴールドのムシは、まるでロボットのような機械音《きかいおん》で話しました。

「えっ、あたしが、あなたの主人？　そんなの信じられない。」

エッちゃんは瞳《ひとみ》を大きく開き、目の前のムシをじっと見つめました。

「これが、エッちゃんの心にいるビッグマンね。とっても小さい。たけは、3センチくらいかな。でも、予想《よそう》どおりだわ。」

ウメ姉《ねえ》さんのコピーは小さくうなずくと、ゴールドのムシの前に手を差《さ》し出しました。

するとと、どうでしょう。ムシは、パタパタと空をとび、今度は、ウメ姉《ねえ》さんのコピーの手のひらに着地しました。さっそく、ゴールドのムシにたずねました。

「あなた、働《はたら》いてる？」

「イイエ、ゴシュジンサマガ、ゴジブンノサイノウニキヅイテクレズ、マイニチネムッテバカリイマス。ウマレテカラ、キョウマデ、ハタライタコトガアリマセン。」

ゴールドのムシは、悲しそうに言いました。

「ああ、だから、そんなに弱々《よわよわ》しいのね。ところで、働《はたら》きたい？　それとも、今までと同じようにずっとねむっていたい？」

「モチロン、オキテハタラキタイデス。」

「りょうかい！　あなたの気持ちはよくわかった。」

と言うと、最後《さいご》に、ウメ姉《ねえ》さんのコピーは、ペンライトの頭の部分をポンポンと3回おしました。するとと、どうでしょう。あたりはるり色に染《そ》まりました。まるで、ギリシアに広がるエーゲ海のようです。ウメ姉《ねえ》さんのコピーは、ノミに焦点《しょうてん》を当て、光のシャワーを浴《あ》びせました。

そして、

「ビッグマンよ、自分のすみかにもどりなさい！」

と言うと、ゴールドのムシは、パタパタと空をとび、エッちゃんの体にもどりました。るり色の明かりが消えると、あたりは、とつぜん真《ま》っ暗《くら》になりました。

エッちゃんは、あわてて、電気をつけると目をぱちくりさせて言いました。

「ウメ姉《ねえ》さん、いったい、何が起《お》こったの？ ついさっき、あたしのおなかからムシが出てきて、何かしゃべってたわ。でも、今、おなかにムシはいない。みーんな、夢《ゆめ》だったのかしら…。」

「エッちゃん、夢《ゆめ》じゃないわ。ムシはいないんじゃなくて、見えないだけ。エッちゃんの体の中で、ぐっすりとねむっているの。」

「どうして、ねむっているのかしら？ ねむってなんかいないで、起《お》きればいいのに。きっと、ねむってばかりじゃ、つまらない。」

エッちゃんは、首をかしげました。

「そうね、エッちゃんのムシも、起《お》きて働《はたら》きたいって言ってたわ。でも、理由《りゆう》があって、勝手《かって》に起《お》きることができないの。」

「ウメ姉《ねえ》さん、あたしのムシとそんなこと話してたんだ。ところで、理由《りゆう》ってなあに？ 昔《むかし》からいるの？ ムシの正体《しょうたい》は？ あたし、知りたいことが、山ほどあるの。何でもいいから教えて！」

エッちゃんはふしぎの連続《れんぞく》で、何からたずねていいのかわかりません。

「無理《むり》もないわ。それじゃあ、まず、人間《にんげん》たちの心に住んでいるムシの歴史《れきし》について話しましょう。あのムシは、人間《にんげん》の心に、必《かなら》ず1ムーンずつ住んでいるの。」

――「ムーン？」

「ああ、ごめん。ムーンというのは、ゴールドのムシを数える時の単位《たんい》なの。ふつう、虫は、1匹《ぴき》2匹《ひき》3匹《びき》…って数えるけれど、ムシは、虫とはちがう。何しろ、人間《にんげん》の心に住んでいる、それは尊《とうと》い生き物でしょう。まさか同じように、『ひき』とは数えられない。かといって、他《ほか》に、どう数えたらいいのか？　35億《おく》年前、かみさまが人間《にんげん》をお創《つく》りになった時、ずいぶん悩《なや》んだそうよ。ある月夜の晩《ばん》、空をながめていて、とつぜんひらめいたのが、『ムーン』だったというわけ。月は、英語《えいご》で『ムーン』と言うでしょ。昼間の月は、出ていても見えない。ゴールドのムシも、存在《そんざい》していても見えない。そんな共通点《きょうつうてん》から、その語がついたらしいわ。」

「へー、数え方にも、そんな深いわけがあったなんて…。それにしても、ウメ姉《ねえ》さんて、物知りね。」

エッちゃんは、感心して言いました。

「いいえ、それほどでもないわ。わたくしたちの世界、つまり魔女界《まじょかい》では、これくらい一般常識《いっぱんじょうしき》なの。」

ウメ姉《ねえ》さんのコピーはちょっぴりてれたように言うと、また、話し始めました。

「続《つづ》けるわね。こんなに当たり前のことなのに、あまり知られていない。なぜかっていうと、それは、目に見えないからなの。人間《にんげん》たちは見えないとわからない。だから、この地球上《ちきゅう》には、まだ知られていないことがたくさんあるわ。だけど、見えない世界がわからないのは、当然《とうぜん》でしょう？　だから、人間《にんげん》たちを責《せ》められない。」

「さっき、ウメ姉《ねえ》さんは、人間《にんげん》の心に1ムーンって言ってたけれど、2ムーンや3ムーンの人はいないの？」

エッちゃんは、頭にわきあがった疑問《ぎもん》をたずねました。そうでないと、すぐに、忘《わす》れてしまうからです。

「ゴールドのムシの数は、人間一人《にんげんひとり》に対して1ムーンて決まってる。2ムーンの人もいなければ、3ムーンの人もいない。反対に、まったく住んでいない人もいないわ。ムシは、地位《ちい》や名誉《めいよ》、収入《しゅうにゅう》、年齢《ねんれい》、性差《せいさ》などに関係《かんけい》なく、誰《だれ》にでも、平等《びょうどう》にあたえられている。ひとことで言うと、これは、かみさまから人間《にんげん》たちへあたえられた、『極上《ごくじょう》のプレゼント』かもしれないわね。」

「かみさまがあたえてくださった極上《ごくじょう》のプレゼント？ なんだか、想像《そうぞう》を越《こ》える深い意味がかくされていそうな予感《よかん》がする。だって、かみさまは、よぶんなものはお創《つく》りにならない。」

エッちゃんの心臓《しんぞう》ははやくなり、あまりのこうふんで、声がかすれました。

「そのとおり！ エッちゃんはすてきなことを言う。さすが、じまんの孫《まご》だわ。あなたの言うとおり、かみさまは、すべてのものを意志《いし》を持って創造《そうぞう》された。それぞれの存在《そんざい》に、深い意味がかくされているの。ところで、かみさまがお創《つく》りになったというムシの話、続《つづ》けるわね。」

ウメ姉《ねえ》さんのコピーは、エッちゃんの瞳《ひとみ》をじっと見つめて言いました。

「もちろん、お願《ねが》いします。」

「ムシの名前は、ついさっき、わたくしが呼《よ》んだのだけれど。気づいたかしら？ 『ビッグマン』ていうの。」

「あんなに体が小さいのに、なぜ、そんな名前がついたのかしら…？」

エッちゃんには、ふしぎでなりません。

「目を覚《さ》ませば、とてつもなく大きくなるからよ。」

「大きくなる？」

エッちゃんの瞳《ひとみ》も、いっしょに大きくふくらみました。

「ええ、人により差《さ》はあるけれど、ふくれあがって宇宙《うちゅう》より大きくなるらしいわ。」

「ムシが宇宙《うちゅう》より大きくなる？ よくわからない。それに、もしも、宇宙《うちゅう》ほど大きくなったら、心はやぶれてしまう。」

エッちゃんは、心配そうに言いました。

「そう思うでしょ。ところが、やぶれない。心の大きさは自由自在《じゆうじざい》で、胃《い》とか腸《ちょう》なんかより、もっとじょうぶな袋《ふくろ》で作られている。たとえ、宇宙《うちゅう》より大きくなっても、しっかりと人間《にんげん》の体の中におさまっているわ。かみさまがお創《つく》りになった人間《にんげん》という生き物は、ただ者じゃない。生物《せいぶつ》界《かい》のエキスパートよ。」

「へー！ 人間《にんげん》って、すごい生き物なのね。体の中に、未知《みち》の世界がたっぷりとつまっている。なんだか、あたし、ドキドキしてきた。そんな人間《にんげん》を創造《そうぞう》したかみさまって、どんな人なんだろう？ いいえ、かみさまは超人《ちょうじん》だから、人とちがうのかもしれないわね。」

　エッちゃんはこうふんをおさえきれず、一人《ひとり》、ぶつぶつとつぶやいていました。

その様子《ようす》を、ウメ姉《ねえ》さんのコピーは、にこにこしながら見つめていました。そして、エッちゃんのこうふんがおさまったのを見計《みはか》らって、

「でも、ゴールドのムシは、人間《にんげん》たちの心の中で、たいてい、ぐっすりとねむっているらしいわ。ほら、まさに、エッちゃんのムシもそうだった。でも、目を覚《さ》ましたら…、宇宙《うちゅう》より大きくなる。」

と、声を低《ひく》くして言いました。

「すっごい。あたしのムシ、早く目を覚《さ》ませばいいのに…。いつまでもねたまま。何を考えているのかしら？ そうだ！ ニワトリおばさんの声を録音《ろくおん》した目覚《めざ》まし時計かなんかセットして、起《お》こそうかしら？ トンカラ山にいた時は、あのガラガラ声でみんな起《お》きたっけ。なつかしいなあ。今も元気で鳴《な》いてるかしら…？」

エッちゃんは、とつぜん、故郷《ふるさと》のトンカラ山を思い出しました。トンカラ山で、ニワトリおばさんは、『目覚《めざ》まし時計』と呼《よ》ばれ、でしゃばって事《こと》を大きくしたりしました。せっかちで3時間

も前に鳴《な》いたり、人一倍《ひといちばい》おせっかいで、ありがた迷惑《めいわく》に気づかないどん感な性格《せいかく》でしたが、一度、病気になり寝込《ねこ》んだ時、トンカラ山は火が消えたように静《しず》かになりました。このとき、ニワトリおばさんは、トンカラ山になくてはならない存在《そんざい》だと、みんなで確認《かくにん》したのでした。

　エッちゃんが、ポカンとしていると、ウメ姉《ねえ》さんのコピーは、

「オッホン!」

と、大きなせきばらいをひとつして言いました。

「ムシたちは、ご主人さまの意にそむくことができないの。絶対《ぜったい》に服従《ふくじゅう》よ。ムシたちが、人間《にんげん》を操縦《そうじゅう》したら、それこそ大混乱《だいこんらん》になる。おそらく第3次世界大戦《たいせん》が始まって、地球《ちきゅう》は滅亡《めつぼう》するかもしれないわね。そうならないように、ムシたちは、単独《たんどく》で目覚《めざ》めることができない。ご主人さまが、目覚《めざ》めた時、ムシもいっしょに目覚《めざ》める。そんなしくみになっているの。ここにも、かみさまの深い意図《いと》がかくされている。」

　ウメ姉《ねえ》さんのコピーは、戦争《せんそう》のところで一瞬《いっしゅん》顔をゆがめました。

　今度、戦争《せんそう》が起《お》こったら、地球《ちきゅう》の滅亡《めつぼう》はまちがいのない事実《じじつ》でしょう。人間《にんげん》たちは、豊《ゆた》かな知識《ちしき》と多大なお金を投入し、日々《ひび》、新しい核兵器《かくへいき》の開発を続《つづ》けています。

　人間《にんげん》には、『やってはいけない、つまり、悪であるとわかっていても、つい、してしまう心理《しんり》』があるようです。麻薬《まやく》もたばこも同じです。人の健康《けんこう》を害《がい》すとわかっていても、つい手を出してしまうのが、人間《にんげん》です。

　ここに、かみさまと人間《にんげん》のちがいがあるのかもしれません。それは、人間《にんげん》が人間《にんげん》として存在《そんざい》するゆえん。人間《にんげん》が、心を持った生き物である以上《いじょう》、さけることのできない問題《もんだい》でした。

　ウメ姉《ねえ》さんのコピーは、そのことを十分に知っていました。だからこそ、一瞬険《いっしゅんけわ》しい顔になっ

たのです。この世に、地球滅亡《ちきゅうめつぼう》を望《のぞ》む人はいるでしょうか？　もちろん、「いない！」と断言《だんげん》したい。でも…。ここに、『死《し》』を歓迎《かんげい》する人はいるでしょうか？　もちろん、「いない！」と断言したい。でも…。ここに、人間《にんげん》の問題《もんだい》、悩《なや》みがかくされていました。

そして、額《ひたい》に入った深いしわをのばすと説明《せつめい》を続《つづ》けました。

「どんなことがあっても、ご主人さま、つまり、人間《にんげん》が、自分の心を支配しなければならない。言葉をかえると、欲望《よくぼう》に左右されてはならないということかしら…？　ごめん、話がむずかしくなっちゃったみたい。」

「いいの、仕方《しかた》ないわ。この世には、ふしぎがいっぱいだもの。今、わからなくても、いつかわかる時がくる。あたしのために、話してくれてありがとう。」

エッちゃんは、笑顔《えがお》になって言いました。

「当然《とうぜん》よ。エッちゃんは、わたくしのかわいい孫《まご》だもの。どういたしまして…。」

「あのね、さっきの話を聞いて、納得《なっとく》のできないことがあったの。ゴールドのムシは、ご主人さまが目覚《めざ》めれば、いっしょに目覚《めざ》めるわけでしょ？　あたしが起《お》きているのに、あたしのムシがねむっているのはなぜ？」

エッちゃんは、目をぱちくりさせてたずねました。

「なるほど、いい質問《しつもん》だわ。わからなくて、当然《とうぜん》のこと。よーく聞いてね。ご主人さまが目を覚《さ》ますっていうのは、起《お》きる・ねるのことじゃなく、『迷《まよ》いを解《と》く』ってことなの。言葉をかえて表現《ひょうげん》するなら、『悟《さと》る』ってことになるかな。ごめん！　悟《さと》るも意味不明《いみふめい》な言葉よね。うーん、もっと簡単《かんたん》な言葉で言うなら、『真理《しんり》を知る』とか…。本当にごめん！　エッちゃんには、また、むずかしい話になっちゃったみたい。」

ウメ姉《ねえ》さんのコピーは、エッちゃんの額《ひたい》にシワがよったのを見て、何度もあやまりました。

「心配しなくていいの！　そんなことより、どうしたら、迷《まよ》いが解《と》けたり、悟《さと》ったりすることができるの？」

エッちゃんは、知りたくてたまりません。

「ウーン、そうね、人間《にんげん》たちは、一人《ひとり》ひとり顔形《かおかたち》がちがうように、性格《せいかく》もちがう。百人百様《ひゃくにんひゃくよう》なので、どうしたら、悟《さと》ることができるかなんて、じつは誰《だれ》にもわからない。でも、これだけは言える。」

「なに？」

エッちゃんは、興味《きょうみ》しんしんの顔でたずねました。

「それは、自分の才能《さいのう》に気づき、せいいっぱい努力《どりょく》すること。」

「自分の才能《さいのう》…。あたしの才能《さいのう》って、一体何かしら？　いいえ、そんなことより、あたしに才《さい》能《のう》ってあるの？　根本的《こんぽんてき》なことがわからない。魔女界《まじょかい》から人間界《にんげんかい》に来て、先生をやっているけれど…。このままでいいのかなあ？　そういえば、今まで、しんけんに考えたことなかった。」

エッちゃんがつぶやいた瞬間《しゅんかん》、ウメ姉《ねえ》さんのコピーは、

「まさに、その『才能《さいのう》』ってやつの名が、じつは、『ビッグマン』なの。」

と、大声でさけびました。

「そっか、人間《にんげん》たちが自分自身の才能《さいのう》に気づき、開花すれば、宇宙《うちゅう》より大きくなるってわけだ。」

エッちゃんも、さけびました。

「そのとおり！」

ウメ姉《ねえ》さんのコピーはうれしくなって、大きくあいづちを打ちました。

　ハト時計が二時を知らせました。でも、今の二人《ふたり》には、時間などまったく関係《かんけい》ありません。ふり向くこともせず、話を続《つづ》けていました。ハトさんは、

「くやしいったらありゃしない！　いつもよりボリュームを大きくしたのに…。」

とつぶやき、時計の中にかくれました。

「ところで、ウメ姉《ねえ》さんは、どうしてこんな発明品《はつめいひん》を創《つく》ったのかしら？」

エッちゃんが、たずねました。発明品《はつめいひん》の正体《しょうたい》がおぼろげながら何かわかったら、今度は、ウメ姉《ねえ》さんの動機《どうき》が気になりました。

「いい質問《しつもん》ね。ウメ姉《ねえ》さんは、最近《さいきん》、人間界《にんげんかい》に悲しい事件《じけん》が起《お》こっているのを見て、たえられなくなったの。この世にいるエッちゃんが、困《こま》っているのに何もできない。何かできることはないだろうか？　そこで考えついたのが、ビッグマン発見器《はっけんき》だったわけ。」

「うれしいな。ウメ姉《ねえ》さんは、いつもあたしのこと思ってくれている。」

エッちゃんは、顔をくしゃくしゃにして言いました。

「うふっ、魔女家《まじょけ》のご先祖《せんぞ》さまは、ウメ姉《ねえ》さんだけでなく、みんなエッちゃんのことを応援《おうえん》しているわ。なんてったって、あなたは、魔女家《まじょけ》の千代目《せんだいめ》のかわいい孫《まご》だもの。さて、本題《ほんだい》に入るわよ。この世で事件《じけん》を起《お》こす人間《にんげん》たちに共通《きょうつう》して言えるのは、みんな、自分の才能《さいのう》に気づいていないってことなの。自分に自信がないから、ぬすみを働《はたら》いたり、ゆうかいしたり、人をきずつけたりする。才能《さいのう》に気づいた人間《にんげん》たちは、ぬすみを働《はたら》いたり、ゆうかいしたり、人をきずつけたりしない。ここで大切なことは、今はまだ、事件《じけん》を起《お》こしていないけれど、ストレスをためた人間《にんげん》たちの予備軍《よびぐん》がたくさんいるってこと。ほとんどの人間《にんげん》たちは、夢《ゆめ》はあっても、『どうせ、自分には才《さい》能《のう》がないから』と、努力《どりょく》せずにあきらめてしまっている。誰《だれ》の心にも、才能《さいのう》はねむっているの

に…。努力《どりょく》すればできるのに、挑戦《ちょうせん》しない人間《にんげん》たちが多すぎる。かみさまがプレゼントしてくださった、輝《かがや》かしい才能《さいのう》は、生涯《しょうがい》ねむったまま幕《まく》を閉《と》じる。『どうしたら、人間《にんげん》たちに、ねむっている才能《さいのう》に気づかせることができるのか?』昨年《さくねん》、この課題《かだい》を解決《かいけつ》するために、ウメ姉《ねえ》さんは、全力《ぜんりょく》で立ち上がった。『ビッグマン発見器《はっけんき》』は、およそ1年間考えた抜《ぬ》いた末《すえ》のけっさくよ。ふだん、目に見えないはずの才能《さいのう》が、目に見えるばかりか、体から出たり入ったり…。わたくしは、ウメ姉《ねえ》さんを、発明家《はつめいか》として、尊敬《そんけい》いたしております。そして、コピーとして光栄《こうえい》に思います。」

ウメ姉《ねえ》さんのコピーは、とつぜん、敬礼《けいれい》して言いました。すると、エッちゃんも、

「同感!　ウメ姉《ねえ》さんは、すばらしい発明家《はつめいか》だわ!　あたしも尊敬《そんけい》してる。」

と言って、敬礼《けいれい》しました。ウメ姉《ねえ》さんは、あの世で、大きなくしゃみをしていたかもしれません。

「せっかく、この世に生を受けたのだもの。自分自身の才能《さいのう》に気づき、自信を持って生きてほしい。大きな夢《ゆめ》に向《む》かって、あきらめずに挑戦《ちょうせん》してほしいわ。一度しかない人生《じんせい》だもの…。これで、あたくしの説明《せつめい》は、すべて終わり。」

と言うと、ウメ姉《ねえ》さんのコピーのおなかが、グウーっと鳴《な》りました。

「エヘヘッ、エッちゃん、コピーとしてのつとめをはたしたら、なんだかおなかがすいてきちゃった。」

二人《ふたり》の笑《わら》い声は、天井《てんじょう》うらにいたネズミ家族にまで届《とど》きました。5人兄弟の3番目の弟が、

「チュー、チュー。今晩《こんばん》は熟睡《じゅくすい》できない。」

と言って、なきました。

その時、ハト時計は三時を知らせました。

「あと、数時間で夜明けだわ。早い朝食にしましょうか。」

エッちゃんが言うと、ハトさんはプリプリして、

「まだ暗《くら》いのに、時間をムシして、朝食？　信じられない。」

と言って、時計の中にかくれました。

6　おお！ビッグマン発見器《はっけんき》

エッちゃんは、熱《ねっ》したフライパンの上にバターをのせると、産《う》みたてたまごをふたつ流しこみました。たまごはまぶしいお日さま色。

ジュワーっという音とともに、フライパンに黄色い海が広がってワクワクドキドキ。きれいな表面に、あちこちで、プツプツと小さな穴《あな》が見えた瞬間《しゅんかん》、手早く

かきまぜます。

　あっという間にプレーンオムレツのできあがり！　その上に、ざく切りにしたトマトを乗せ、みじんぎりにしたパセリをパラパラとちらして完成です。

「大変《たいへん》！　おなかの虫が三部合唱《がっしょう》を始めたわ！」

ウメ姉《ねえ》さんのコピーは香《かお》りにつられ、思わず、台所へやってきました。エッちゃんは、トントントンと千切《せんぎ》りキャベツをきざみ、キュウリとニンジンをスティック状《じょう》に切り、コーンのかんづめを開けると、てぎわよくガラスのお皿《さら》にもりつけました。ウメ姉《ねえ》さんのコピーは、

「上手《じょうず》ねぇ！」

と、感心して言いました。その間にも、エッちゃんは、こまネズミのようにくるくると動き回り、あっという間に朝食を作り終えました。

「さあ、できた！」

テーブルの上には、焼《や》きたてのフランスパンに、プレーンオムレツに、にじ色サラダ、今が旬《しゅん》のイチゴに、コーヒーゼリーに、昨日牧場《きのうぼくじょう》から届《とど》けられたしぼりたてのミルクがならびました。

　エッちゃんが、

「さあ、どうぞ。」

と言い終わらないうちに、ウメ姉《ねえ》さんのコピーは、

「おいしそう！　いっただきます。」

とさけび、食べ始めました。

　そのとき、ドアの外でねこの鳴《な》き声がしました。話し相手《あいて》もなく、リビングで一人《ひとり》さびしく

読書をしていたジンは、聞き覚《おぼ》えのある鳴《な》き声に、

「きっと、カズちゃんだ。」

と、さけびました。

ドアを開けると、みけねこが息をきらして立っていました。

「ジンさん、こんばんは。ウメさん、おじゃましてるでしょう?」

「ああ、いるよ。それより、カズちゃん、会いたかった。ウメ姉《ねえ》さんが来たのに、カズちゃんがいないなんて、変《へん》だなあと思っていたんだ。」

ジンは、ひさしぶりの再会《さいかい》に胸《むね》がときめきました。

「ウメさんたら、あんまりあわてて、あたしのこと忘《わす》れちゃったの。」

カズが、プリプリして言いました。カズは、ウメ姉《ねえ》さんのあいぼう。どこへ行くときもいっしょでした。

「ぼくも、同じ悩《なや》みをかかえてる。おたがい、あわてんぼうの魔女《まじょ》を持つと苦労《くろう》がたえないね。」

ジンが言いました。

この会話を二人《ふたり》の魔女《まじょ》に聞かれたら、どうするのかって? ご心配なく。二人《ふたり》は、『秘密《ひみつ》のねこ語』を使っていました。しかし、二人《ふたり》の魔女《まじょ》は食べることにむちゅうになり、カズが来たこと自体《じたい》、まったく知りませんでしたがね…。

ひさしぶりのおいしい食事に、ウメ姉《ねえ》さんのコピーは、一気《いっき》に食べ終えました。

「いつもは、栄養《えいよう》バランスの取れたくすりを一日に三つぶ飲むだけ。こんなにおいしい食事が、毎日《まいにち》食べられたらなあ。」

「少しの間、泊《と》まっていけばいいわ。」

「とんでもない。絶対《ぜったい》にだめ！　あの世には、みょうなおきてがあってね。わたくしたちの外泊《がいはく》は、一年に一晩《ばん》だけって決められているの。もし、これを破《やぶ》ったら、泊《と》めた先の魔女《まじょ》たちが責任《せきにん》をとってあの世にいってしまう。つまり、死《し》ぬってことよ。」

ウメ姉《ねえ》さんのコピーは、きびしい表情《ひょうじょう》で言いました。

「死《し》ぬのはいや。だって、やりたいことが山ほどあるもの。そういえば、その話、以前《いぜん》、ウメ姉《ねえ》さんから聞いたことがある。あたしったら、うっかりして忘《わす》れるところだった。ごめんなさい。」

エッちゃんは、数年前、ウメ姉《ねえ》さんが、やはり今回と同じように、発明品《はつめいひん》を持ってきてくれた時のことを思い出して言いました。

「じつは、あの時のウメ姉《ねえ》さんの正体《しょうたい》は、さっきも言ったけれど…、わたくしだった。この世にこれるのはコピーだけ。」

「そっか…。それじゃあ、今まで、この世に来てくれた他《ほか》の魔女《まじょ》たちも、コピーだったってこと？　ナマズ魔女《まじょ》に、宇宙《うちゅう》のなぞ発見魔女《はっけんまじょ》に、かんづめ魔女《まじょ》に、パステル魔女《まじょ》…。みんな、みんな、みーんな、コピーだったの？」

エッちゃんには、もう答《こた》えはわかっていたけれど、最後《さいご》の１パーセントにのぞみをかけ、たずねてみました。ウメ姉《ねえ》さんのコピーが、

「残念《ざんねん》だけれど…。」

と答《こた》えた瞬間《しゅんかん》、最後《さいご》の望《のぞ》みがたたれました。ウメ姉《ねえ》さんのコピーは、エッちゃんのショックを感じ取ると、静《しず》かに続《つづ》けました。

「そう。死《し》ぬって、そういうことなの。１度あの世へ行ってしまったら、二度とこの世へはもどっ

てこれない。だから、わたしくたちコピーが、ご主人さまの思いをせいいっぱい伝《つた》える。コピーだって、この世での外泊《がいはく》は1年間にたった一日だけ…。だから、強く思うの。生きている人間《にんげん》たちには、バラ色の人生《じんせい》をきりひらいてほしいって…。」

ウメ姉《ねえ》さんのコピーは、ここまでいうと、しぼりたてのミルクをごくごくと飲んで、

「人生《じんせい》は、たった一度だけ。すばらしい人生《じんせい》を生き抜《ぬ》くために、人間《にんげん》たちが自《みずか》らの才能《さいのう》に気づいて、あきらめないで努力《どりょく》してほしい。今回のウメ姉《ねえ》さんの発明品《はつめいひん》は、あの世へ行ってしまった自分が体験《たいけん》したくてもできない、『生きる』ということへの願《ねが》い。とてつもなく大きな愛《あい》のメッセージよ。」

と、力をこめて言いました。

「わかったわ。あたし、ウメ姉《ねえ》さんの愛《あい》、無駄《むだ》にならないよう人間《にんげん》たちに伝《つた》えていく。」

エッちゃんの瞳《ひとみ》が、キラリと光りました。


カーテンを開けると、新しい朝がやってきました。蒼《あお》い空のかなたに、光がもれ、地平線はオレンジジュースをこぼしたかのように輝《かがや》いています。二人《ふたり》の魔女《まじょ》は、言葉を交《か》わすことなく、ただじっと、見つめていました。

「エッちゃん、まっ白いページの始まりね。誰《だれ》にでも、平等《びょうどう》にあたえられている、時のプレゼントよ。」

ウメ姉《ねえ》さんのコピーが目を細めて言うと、エッちゃんは、

「今日《きょう》という日は、二度ともどってこない。ていねいに生きたいな。」

と言って、ウメ姉《ねえ》さんのコピーの瞳《ひとみ》を見つめました。

「そうね。」

ウメ姉《ねえ》さんのコピーも、エッちゃんの瞳《ひとみ》を見つめました。二人《ふたり》の視線《しせん》が一緒《いっしょ》になると、エッちゃんは、心の底から、力がわきあがってくるのを感じました。

「ウメ姉《ねえ》さん、今、気づいたのだけれど、あたしたち、一睡《いっすい》もしていない。」

と、目をまん丸にして言いました。

「本当ね。でも、ふしぎ。一睡《いっすい》もしていないのに、全然《ぜんぜん》ねむくないわ。あっ、大変《たいへん》！　わたくし帰らなくちゃ。そうそう、大切なことを忘《わす》れていた。発明品《はつめいひん》の使用期間は、ぴったり5日間。5日目の夕方に取りにくるわ。」

ウメ姉《ねえ》さんのコピーが、かべにかかっているカレンダーを見て言いました。

「たったの5日間？　いつもより短いわ。もう少し、長くできないの？」

エッちゃんは、残念《ざんねん》そうに言いました。

「じつは、本当のことを言うと、まだ、発明《はつめい》したばかりでしょう？　できたてほやほやの試作品《しさくひん》で、本当に効《き》くかどうか、自信がないらしいの…。エッちゃんの5日間にすべてがかかってる。」

「責任重大《せきにんじゅうだい》ね。」

エッちゃんは大きく深呼吸《しんこきゅう》しました。

「それじゃ、5日後に会いましょう。」

ウメ姉《ねえ》さんのコピーが、さよならを言った次の瞬間《しゅんかん》、

「しまった。カズを忘《わす》れてた！」

と、さけびました。

帰る時になり、ようやくカズがいないことに、気づいたようです。その時、カズは、

「ニャオーン！」

とさけび、二人《ふたり》の魔女《まじょ》の前に姿《すがた》をあらわしました。

「カズ、ここにいたの？　ごめん、あんたのことすっかり忘《わす》れてた。」

ウメ姉《ねえ》さんが、すぐにあやまりました。

魔女《まじょ》にとって、あいぼうを忘《わす》れるなんて、最低《さいてい》です。こんなことがあっていいのでしょうか？

もちろん、カズはかんかんでした。家を出る時は、

（どんなにあやまっても、絶対《ぜったい》に許《ゆる》さない。）

と、思っていました。でも、ジンと話すうちに、いらいらはおさまっていきました。同じ魔女《まじょ》のあいぼうとして、悩《なや》みが共有《きょうゆう》できたからです。ねこの世界でもストレスは禁物《きんもつ》。話すことで少しは軽《かる》くなるようです。

ウメ姉《ねえ》さんのコピーは、どんな言葉も受けとめる覚悟《かくご》ができていました。悪いのは、百パーセント自分なのです。その時、カズの口から、こんな言葉がとび出しました。

「ウメさん、今回のことはもういい。でも、次からは、勝手《かって》な行動はとらないでよ。」

カズの予想外《よそうがい》のあたたかい言葉に、ウメ姉《ねえ》さんのコピーはうれしくなって、

「さすが、わたくしのあいぼう。あなたは、よき理解者《りかいしゃ》だわ。カズ、このかりは、いつか倍《ばい》にして返すからね。」

と言うと、カズをだきあげて、ドロンと消えました。ジンはあわてて、

「カズちゃん、また会おうね。」

と言うのが、やっとでした。

　あこがれのカズちゃんに会えたのに、ジンの心はなんだかすっきりしません。なぜかって？　本当は、帰る時、食事のさそいをしようとはりきっていたのです。そんなことも知らず、エッちゃんが明るく言いました。

「ジン、冒険《ぼうけん》の始まりよ！」

「ああ。」

ジンは、素《そ》っ気《け》なく答《こた》えました。あいづちを打つのが、やっとの心境《しんきょう》だったのです。

「あーあ、元気のない返事ね。せっかくの冒険《ぼうけん》だっていうのに…。まあいいわ。えっと…、今日《きょう》は日曜日でしょ。使用期間は5日間だから、木曜日までってことになる。しまった！　学校、どうしよう。」

エッちゃんは、とつぜん、仕事を思い出しました。学校を無断《むだん》で休むことはできません。なぜなら、先生が休むと、子どもたちが自習になってしまうからです。何の仕事もそうですが、はたすべき責任《せきにん》があります。

「よく、考えて！　あんた、昨日《きのう》から、春休みだろう。ウメ姉《ねえ》さんは、計算したように、あんたの休みに合わせて発明品《はつめいひん》を完成《かんせい》してる。さすがだよ。」

ジンが、気づいて言いました。その言葉で、エッちゃんの心に広がっていた不安《ふあん》の雲はすべて消えました。

「そうだった。あたしったら、すっかり忘《わす》れてた。うれしいな。お休みだったら、5日間使い放題《ほうだい》だもの。ところで、ひとつ、心配があるの。ビッグマン発見器《はっけんき》をどう使えばいいのかしら？」

「基本的《きほんてき》なことを聞くなよ。さっき、ウメ姉《ねえ》さんが使ってただろう？」

ジンは、少しおこったように言いました。

「ちがうの。そんな単純《たんじゅん》なことじゃない。あたしが言いたいのは、ビッグマンを出して、もどして、ハイ終わりじゃ、今までと何らかわらない。ビッグマンの正体《しょうたい》は、一体何か？　人により、ちがうわけでしょ。つまり、どんな方法《ほうほう》で、人間《にんげん》たちに、自分の才能《さいのう》に気づかせるかってことよ。」

エッちゃんが、深いため息をついて言いました。

その時、フクロウ深夜便《しんやびん》のシンちゃんが、ドアをたたきました。

「ごめんなさい。うっかりして、これを忘《わす》れていました。先ほどお届《とど》けしたお荷物《にもつ》と、差出人《さしだしにん》は同じです。手に取ったつもりが持っていなかったようで、お店に帰ったら、テーブルに乗っていたのです。ごめいわくをおかけしました。」

シンちゃんが差《さ》し出したのは、ラベンダー色のふうとうでした。

「一体何が入っているのかしら？」

エッちゃんはドキドキしながら、あわてて、ふうをきりました。すると、中から出てきたのは何だったでしょう。

「えーっと…、なになに、『ビッグマン発見器《はっけんき》の使い方』だって…。」

エッちゃんは、ふうとうからピーコック色したあつ紙を取り出して言いました。

「さすが、ウメ姉《ねえ》さんだ。あんたが困《こま》ることを確実《かくじつ》に予測《よそく》してた！」

ジンがおどろいて言いました。

「失礼《しつれい》ね。宇宙一《うちゅう》の発明品《はつめいひん》を使うのに、困《こま》らない人はいない。よーく考えてみて！　ジン、世界中の誰《だれ》にたずねても、使用方法《ほうほう》なんてわからないんだからね。」

エッちゃんは、ぷりぷりして言いました。

「まあ、そんなにおこらないで。説明書《せつめいしょ》が届《とど》いたんだからさあ。そんなに顔をふくらませていると、トラフグになっちゃうよ。」

「ジン、あんたって最低《さいてい》！　こんなにすてきなプレゼントが送られた日に、ひどいことを言ってきずつけるなんて…。もうあいぼうじゃない！」

エッちゃんのいかりは大きくなって、ふんかしました。ジンははっとして、

「ごめん。少し言いすぎたようだ。」

と、素直《すなお》にあやまりました。

じつは、この時、ジンの心はおだやかではなかったのです。ついさっき、カズちゃんに食事のさそいができなかったことで、心にトゲがささっていたのです。しかし、こんなことで、あいぼうにあたるなんて、ジンらしくありません。すぐに反省《はんせい》して、あやまったというわけです。そして、（次回は、どんなことがあっても、勇気《ゆうき》をふりしぼってさそおう！）

と、決意しました。ジンは、赤くなって耳をサクラ色に染《そ》めました。

「まあいいわ。許《ゆる》してあげる。ここで、けんかしたところで、何も始まらない。でも、このかしは大きいわよ。」

エッちゃんが、笑《わら》って言いました。その時です。フクロウ深夜便《しんやびん》のシンちゃんが、

「これで、わたしは失礼《しつれい》します。」

と言って、帰ろうとしました。エッちゃんとジンがけんかを始めたので、なかなかあいさつができなかったのです。エッちゃんは、恥《は》ずかしそうに、

「ごめんなさい。変《へん》なところをお見せしちゃって…。」

とあやまると、シンちゃんが、

「どういたしまして。けんかというものは、二人以上《ふたりいじょう》でなければできません。家族はいいものです。

けんかしても、すぐに仲直《なかなお》りができる。わたしにも、故郷《ふるさと》のトンカラ山に家族がいます。わけがあって、今は、一人《ひとり》ぼっちですが…。ですから、けんかはすばらしい。ちっとも悲観《ひかん》することではありません。」

と、しんみりと言いました。それを聞いて、エッちゃんは、すばらしいアイディアを思いつきました。

「そうだ！　シンちゃん、これも、何かの縁《えん》というもの。もしよろしければ、あたしたちの冒険《ぼうけん》につき合ってくださいませんか？」

エッちゃんのさそいに、シンちゃんはびっくりぎょうてんです。ギョロ目のフクロウさんの目が人一倍《ひといちばい》大きくなって、首がクルクルと2回転しました。シンちゃんは、

「えっ、今、何て？」

と、聞き返すのがやっとでした。

「冒険《ぼうけん》につき合ってくださいませんか？」

エッちゃんが、にこにこして、繰《く》り返しました。

冒険《ぼうけん》と聞いて、シンちゃんの心は、はね上がりました。それは、以前《いぜん》から、あこがれていた言葉でした。今まで、本でしか読んだことのない言葉。冒険《ぼうけん》とは、『目的《もくてき》を達成《たっせい》するために、危《き》険《けん》を冒《おか》して行《おこな》うこと』です。シンちゃんには、危険《きけん》を冒《おか》してまで行《おこな》うという意気込《いきご》みが、まぶしく感じられました。とつぜん、目の前に、新しい未来がひらけてくるような気持ちがしました。

シンちゃんは、この時、自分の仕事をすっかり忘《わす》れて、

「エッちゃん、ぜひ、いっしょに冒険《ぼうけん》させてください。」

と、声をはりあげて言いました。その時、シンちゃんの目に、百万ボルトの明かりが灯《とも》りました。

でも、少し心配になったのか、輝《かがや》きを半分に減《へ》らすと、

「でも、本当にいいのですか？」

と、不安《ふあん》そうにたずねました。

「だって、シンちゃんとは、同じ故郷《ふるさと》の生まれ。もう、立派《りっぱ》な家族なんですもの…。」

エッちゃんは、シンちゃんの不安《ふあん》を吹《ふ》き消すかのように言いました。本当に、心から、そう思っていたのです。

「もし、お仕事にさしつかえなければ。」

ジンが、冷静《れいせい》な顔でたずねました。

「わたしとしたことが…。つい、うっかりしていました。」

シンちゃんは、一瞬《いっしゅん》、とまどいました。

この時、仕事のことはきれいさっぱり頭から消えていたからです。本当の事を言うと、もう仕事なんて、どうでもよくなっていたのです。魔女《まじょ》さんとの冒険《ぼうけん》の方が、何倍《なんばい》もおもしろく魅力《みりょく》的《てき》に感じられました。

もちろん、仕事は大切。シンちゃんにも、こんな常識《じょうしき》はわかっていました。でも、当たり前の仕事を、こつこつと、ただこなすだけではつまらない。シンちゃんは、平々凡々《へいへいぼんぼん》とした日常《にちじょう》に、何か刺激《しげき》がほしかったのです。年をとっても、全力《ぜんりょく》で何かに挑戦《ちょうせん》してみたいと思いました。でも、何をやったらいいのかわからない。

その取りかかりとして、新しい仕事を始めたのです。みなさんの中には、

「仕事といっても、たったの一日でしょう。まだ、十分にその価値《かち》はわからない。もしかしたら、冒険以上《ぼうけんいじょう》の刺激《しげき》があるかもしれないわ。」

と、おっしゃる方がいるかもしれません。そのとおりです。でも、この時、シンちゃんの心には、冒険《ぼうけん》の中に潜《ひそ》む、『今しか体験《たいけん》できない輝《かがや》きの未来』が見えたのです。それが長年生きてきたシンちゃんの予感《よかん》というものでしょうか。

もしも、今、仕事と冒険《ぼうけん》を天びんにかけたら、大差《たいさ》で冒険《ぼうけん》に傾《かたむ》いていたことは確実《かくじつ》でした。

「いっしょに、冒険《ぼうけん》させてください。」

シンちゃんが、決断《けつだん》して言いました。

「心強いわ。あたしたち、二人《ふたり》でどうしようかとまよっていたの。シンちゃん、あなたの知恵《ちえ》をかしてね。」

エッちゃんが、明るい声で言いました。

「お二人《ふたり》のお力になれるかどうかわからないけれど、仲間《なかま》に加《くわ》えてください。」

シンちゃんが言うと、

「オーケー!」

エッちゃんとジンが、いっしょにさけびました。


「ところで、さっき届《とど》いた説明書《せつめいしょ》には何て書いてある?」

ジンが興味《きょうみ》しんしんの顔でたずねると、エッちゃんは、思い出したように、

「そうだった。えっと…。」

と言いながら、ピーコック色のあつ紙に目をやりました。

「ゆっくりと、読んでくれる?」

ジンがお願《ねが》いすると、エッちゃんはうなずいて、ゆっくりと読みあげました。

◇『ビッグマン発見器《はっけんき》』の使い方

一　人間《にんげん》たちの心にビッグマンがいることを伝《つた》える。

（1回　あかね色の光）

二　人間《にんげん》たちの心からビッグマンを出す。

（2回　カナリア色の光）

三　人間《にんげん》たちとビッグマンを対話させる。

四　人間《にんげん》たちの心にビッグマンをもどす。

（3回　るり色の光）

五　人間《にんげん》たちに、ビッグマンの正体《しょうたい》をつかませる。

※ライトの頭を、回数分だけおして使う。

「うーん、一番の難題《なんだい》は、人間《にんげん》たちに、ビッグマンの正体《しょうたい》をつかませるってことね。どうしたらいいんだろう？」

エッちゃんが首をかしげると、ジンは、

「どうするもこうするも、百人百様《ひゃくにんひゃくよう》のビッグマンの正体《しょうたい》をつかむなんて、ただごとじゃない。方《ほう》法《ほう》としては、使い方の三に書いてあるように人間《にんげん》たちと十分、対話させる。それしか方法《ほうほう》はないだろう。」

と、もっともらしく言いました。

「人間《にんげん》とビッグマンとの対話？　つまり、自分の心と対話するってことですよね。わざわざビッグマンを出さずに、対話したら苦労《くろう》はいらないのに…。」

と言うと、シンちゃんが、ポケットからたばこを取り出し、火をつけようとしました。

「申《もう》し訳《わけ》ありませんが、灰皿《はいざら》はありますか？　わたしは、思考《しこう》が始まると、どうしてもすいたくなってしまうのです。」

エッちゃんが戸《と》だなから、金色のお皿《さら》を持ち出すと、

「どうぞ！　これを使ってください。これは、来客用の灰皿《はいざら》なの。だから、気にしないで！　でも、フクロウさんがたばこをすうなんて、あまり聞いたことがないわ。」

と、びっくりした顔で言いました。

「エッちゃん、わたしたちフクロウの世界にも、ストレスはつきもの。人間《にんげん》たちと同じように、すいたくなることだってあります。こうして、ほらっ、指《ゆび》の間にはさんでいるだけでも、心がほっとして幸せな気持ちになる。体にたまっている疲《つか》れの成分《せいぶん》がとけ出して、昇華《しょうか》していくような感覚《かんかく》を覚《おぼ》えます。わたしは、何でも、深く考えようとするくせがあるようでして、本当はあまり考えたくないというのが本音《ほんね》ですが…。そんな時は、むしょうにほしくなる。だから、いつも持ち歩いています。ところで、１本いかがですか？」

シンちゃんは、エッちゃんにたばこを差《さ》し出しました。

「あたしは大じょうぶ。でも、シンちゃん、健康《けんこう》のためにほどほどにしてね。」

エッちゃんは、学校で、子どもたちと『たばこの害《がい》』について学習をしていたのです。

「過去《かこ》に、やめようと決意したことが何度かありました。でも、1週間もするとがまんできなくなって、結局《けっきょく》、すってしまいました。意志《いし》が弱いのかなあ。ホッホッ…。いつか、禁煙《きんえん》ができたらいいのですが…。このとおりです。ああ、でも、おいしいなあ。」

と言うと、シンちゃんは、幸せそうに白いけむりをはき出しました。

目を細くしぼり、どこか遠くを見つめているようでした。それは、トンカラ山の風景《ふうけい》だったかもしれませんし、いっしょに生活をしていた家族だったかもしれません。

白いけむりは、だ円をえがき幾重《いくえ》にもなってのぼっていきました。エッちゃんは、しばし、ぼんやりと、けむりの流れを見ていました。とつぜん、はっとして、

「さっきのシンちゃんの考え。そのとおりね！　わざわざビッグマンを出さずに対話すれば、それですむ。でも、人間《にんげん》たちは、あまり自分の心と対話しない。なによりも、ビッグマンがいることさえ知らない。とすると…、一番大切なのは、人間《にんげん》たちにビッグマンがいるってことを伝《つた》えるってことかもしれないわ。」

エッちゃんの瞳《ひとみ》が光ります。

「そうだ！　冒険《ぼうけん》の使命《しめい》は、人間《にんげん》たち一人《ひとり》ひとりに、ビッグマン、つまり、才能《さいのう》があることに気づかせるってことだ。」

ジンも、いせいよく言いました。

「人間《にんげん》たちは、自分の才能《さいのう》に気づくことができれば、自然《しぜん》と努力《どりょく》をするようになるでしょう。ホッホッホッ。」

シンちゃんはたばこを1本すい終わると、何やらうなずきながら、火をもみ消しました。

しかし、すい終わったと思いきや、すぐにまた、二本目のたばこに火をつけました。かなりのヘビースモーカーのようです。

「ところで、人間《にんげん》たちの心からビックマンを出すってことでしたが、お二人《ふたり》は、心はどこにあると思いますか？」

シンちゃんは、しんけんな顔をしてたずねました。

「このあたりかなあ。」

エッちゃんが、胸《むね》のあたりをさしました。

「頭の中じゃあないの？　ぼくは脳《のう》だと思うけれど…。」

ジンは、自分の頭を指差《ゆびさ》して言いました。

シンちゃんは、たばこを深くすいこむと、すーっとけむりをはき出しました。今度は、だ円をえがかず、まっすぐ天井《てんじょう》にのぼっていきました。のぼったけむりがもどろうとした時、シンちゃんが口を開きました。

「以前《いぜん》、本で読んだことがある、哲学者《てつがくしゃ》アリストテレスの話をしましょう。『キュートな女の人の声を聞いて胸《むね》が高鳴《たかな》ったり、美しい自然《しぜん》を目にして胸《むね》がふるえたり、さわやかな森の香《かお》りをかぐと、胸《むね》のしこりがすーっと消える。さまざまな胸《むね》キュン体験《たいけん》からすると、カラダがとらえた外界《げかい》からの情報《じょうほう》は、心臓《しんぞう》が感じているにちがいない。心臓《しんぞう》は血液《けつえき》を循環《じゅんかん》させる組織《そしき》だから、情報《じょうほう》のとおり道は、たぶん血管《けっかん》だろう。』このアリストテレスが唱《とな》えた『心臓知覚説《しんぞうちかくせつ》』は、さきほどエッちゃんが指示《しじ》したように、心は胸《むね》・心臓《しんぞう》にあると判断《はんだん》したことにより生まれました。この考えは、かなり長い間しぶとく信じられていました。しかし、十九世紀《せいき》のある日、一人《ひとり》の外科医《げかい》がこんな発見《はっけん》をします。『失語症《しつごしょう》の患者《かんじゃ》の脳《のう》を見たら、特定《とくてい》の部分が損失《そんしつ》している。ひょっとして、脳《のう》のこの部分に、言葉を話す機能《きのう》が存在《そんざい》しているのではあるまいか。』そう、これは、脳《のう》の中のブローカ野という言語中枢《げんごちゅうすう》の発見《はっけん》です。これ以降《いこう》、脳《のう》科学者により、脳《のう》研究が世界中で盛《さか》んに行《おこな》われるようになりました。その研究によりわかったこと。それは、さまざまな感覚《かんかく》を受け取るのも、機能《きのう》や感情《かんじょう》を発信するのも、ハートではなく脳《のう》であるという事実《じじつ》でした。約1300グラムのタラの白子《しらこ》のような臓器《ぞうき》があり、そこに、知覚《ちかく》、感情《かんじょう》、知能《ちのう》、記憶《きおく》、ヒトの生命《せいめい》活動のすべてをつかさどるネットワークが内臓《ないぞう》されています。この事実は、今、広く知れわたるようになりました。今や、誰《だれ》もが知っています。しかし、心をふくむ脳《のう》活動に、未知《みち》の部分が多いことも、つけくわえておかなければなりません。」

話し終わった時、2本目のたばこは、みごとに灰《はい》になっていました。

「ぼくの予想《よそう》したとおり。心は脳《のう》にあったんだね。だけど、シンちゃんは物知りだね。」

「あたしなんて、全然《ぜんぜん》知らなかったわ。シンちゃんは、いつ勉強しているの？」

エッちゃんが、おどろいてたずねました。

「アハハッ、それはねむれない昼間だよ。わたしは、たいてい夜起《お》きているので、昼間ねむることになる。ところが、ここ7、8年、不眠《ふみん》になってしまった。ぐっすりとねむることができないんだ。でも、そのおかげで、読書ができる。それに、ふだんは考えないいろいろなことを、考えさせてくれる。」

シンちゃんは、また、遠くを見つめるように言いました。過去《かこ》をみつめているのでしょうか？　それとも、未来をみつめているのでしょうか？

「あたしも、読書しなくちゃ。」

「先生という職業《しょくぎょう》は、日々《ひび》勉強。たくさんの本を読まなくちゃ。そうでなくちゃ、子どもに教えられないよ。」

「わかってる。」

エッちゃんは、ジンの言葉をいつになく素直《すなお》に受け止めました。

「エッちゃんは先生をしているらしいから、ついでに、補足《ほそく》しておきましょう。人間《にんげん》の脳《のう》の大きさは、他《た》の動物にくらべると格段《かくだん》に大きいのです。それぞれの生物の体重がヒトと同じ60キロだった場合、脳《のう》がしめる割合《わりあい》は、ティラノザウルスは8・5グラム、マグロは15・5グラム、チンパンジーは484グラムになります。人間《にんげん》の1300グラムという数字を見れば、ちがいは明らかでしょう。だから、人間《にんげん》たちにこのネットワークを無駄《むだ》なく使ってほしいと思います。」

「ところで、ぼくたちネコ族やフクロウ族の脳《のう》の重さってどれくらいなんだろう?」

ジンは、急に知りたくなりました。

「わたしも、それについては深くは知りません。あははっ、自分のことなのにね。これを機《き》に今度、調べてみましょう。」

シンちゃんが笑《わら》って言いました。

7　りょうた君とビッグマン

「さあ、出発よ!」

エッちゃんが、いせいよくさけびました。発明品《はつめいひん》の使用期間は、今日《きょう》をふくめて5日間です。三人とも、昨日《きのう》はまったくねむってないけれど、もたもたしてはいられません。

エッちゃんは、発明品《はつめいひん》と大好物《だいこうぶつ》のメロンパンをバッグにつめこむと、ほうきを手に取りました。

「それにしても、すごいほこりねぇ。」

エッちゃんがパタパタすると、ほこりがほうきのばあさんの口に入ってむせました。

「コンコンコンッ、おいおい、わしの体は、そんなによごれておったのか？　たまには、手入れをしておくれ。」

ほうきのばあさんは、目を白黒させて言いました。でも、ひさしぶりの散歩《さんぽ》に、

「待ってました！」

と、大喜《よろこ》びです。

「ところで、エッちゃんや、行き先は？」

ほうきのばあさんは、ケイトウ色のはでなスカーフを首にまくと、少しこうふんして言いました。

「そうだ、あたしったら、うっかりして行き先を決めてなかった。」

エッちゃんが、かたにしょったバッグをおろしてさけびました。

「だから、子どもたちに、『魔女《まじょ》先生ってあわてんぼうでおっちょこちょい』って言われるんだ。そのくせを直さないと、いつまでたっても、本当の先生になれないよ。」

ジンは額《ひたい》にしわを寄《よ》せ、とつぜん、説教《せっきょう》を始めました。

「ジンは細かすぎるのよ。」

「細かくなんてないさ。行き先を決めるなんて、常識《じょうしき》のはんちゅうだよ。あんたが鈍感過《どんかんす》ぎるんだ。」

「あたしが鈍感《どんかん》？　よくぞ言ってくれたわね。あんたは、少しのことですぐに責《せ》める。思いやりってものがないのかしら？　誰《だれ》にも、うっかりはあるでしょう。」

売り言葉に買い言葉で、けんかはどんどんエスカレートしていきました。そばにいたシンちゃんが、

「二人《ふたり》とも、まあまあ…。このままじゃせっかくの発明品《はつめいひん》が泣《な》いてしまう。」

と、ちゅうさいに入りました。

「シンちゃん、ごめんなさい。また、やっちゃいました。ぼくは、朝から何も食べてなかったので、少しおこりっぽくなっているようです。」

と言うと、エッちゃんにあやまりました。

「ごめん。あたしこそ…。ジン、テーブルの上に、にぼしスティックがあるわよ。食べてきたら?」

ジンがにぼしスティックを食べ終えた時、シンちゃんが、羽をこすり合わせて言いました。

「今、思い出したんだけど、じつは、夜の町を散歩《さんぽ》していて、気になっている小学生がいるんだ。その子のところはどうだろう。」

「気になっている小学生? シンちゃん、その子どんな子どもなの?」

「夜、ずっと起《お》きっぱなしでゲームをやったりテレビを見たりして、全然《ぜんぜん》勉強をしない。明け方までやっているので、いつのころから起《お》きられなくなり、とうとう学校へ行けなくなってしまったんだ。その子の両親もそうとう悩《なや》んでいる。」

シンちゃんは、たばこに火をつけて言いました。もう何本すったのでしょう。灰皿《はいざら》はすいがらであふれ、テーブルには灰《はい》が落ちていました。

「おそらく、その子のビッグマンは熟睡《じゅくすい》しているだろう。まだ小さい今のうちに、ビッグマンを起《お》こしてあげたら、その子は、きっと成長する。」

ジンはデザートのサンマプリンをなめると、うっとりした顔で言いました。

「両親も悩《なや》んでいるけれど、きっと、本人が一番悩《なや》んでる。あたし落ちこぼれとはいえ、れっきとした先生なんだもの。子どもが困《こま》っていると聞いたら、ほっておけないわ。」

エッちゃんが、教師魂《きょうしだましい》を発揮《はっき》させて言いました。

「よし、決まり！　その子の家に行こう！」

ジンは高くジャンプすると、ポーンと一回転して言いました。食べたら、体中に力があふれだしてきたのです。

　エッちゃんはほうきを手に、バッグをかたにかつぐと、いちもくさんに外にとび出しました。ジンとシンちゃんも、あわててついていきます。ほうきのばあさんが、にこにこして、

「さあ、お乗り！」

と、すすめると、シンちゃんは、

「わたしには羽がついていますので、自分でとびましょう。」

と言いました。ほうきのばあさんが年をとっていたので、ついえんりょしたのです。

「りょうかい！　だけど、シンちゃんも乗せてあげたかったなあ。わしの運転はスリル満点《まんてん》。なんてったって、休んでいる間も基礎《きそ》トレーニングを欠《か》かさずしていたからね。」

と言うと、ほうきのばあさんは、ちからこぶを見せました。

「ほほう、すばらしい！　次回はきっと乗せてもらいます。」

シンちゃんは、大げさにほめました。ほうきのばあさんは、シンちゃんにほめられると、ほほをぽっと赤く染《そ》めました。

「りょうかいじゃ！　ところで、シンちゃん、道がわからないので先にとんでおくれ！」

「オーライ！」

元気な声がこだま.すると、一羽と一人《ひとり》と一匹《いっぴき》は、青い空にまいあがりました。

　その時、シンちゃんはふらっとしました。めまいがしたのです。

（あれっ、変《へん》だなあ。）

胸《むね》が重く感じられ、思うようにとべません。どんどん、下降《かこう》していきます。

（もしかしたら、このまま死《し》ぬのかなあ。）

シンちゃんの意識《いしき》は、ゆらゆらと遠のいていきました。その時、ほうきのばあさんは、ほうきをシンちゃんよりも下降《かこう》させ、シンちゃんが落ちてくるのを待ちました。エッちゃんが、両手を高くかかげると、シンちゃんをみごとにキャッチ！　次の瞬間《しゅんかん》、天までとどろかんばかりの声で、

「シンちゃん！」

とさけびました。その声で、シンちゃんの意識《いしき》がもどってきました。

（生きている！）返事の代《か》わりに、シンちゃんは首を前へかたむけました。その時、しんけんに、

（もしかしたら、たばこのすい過《す》ぎかもしれない。本気でやめようかな？）

と、思いました。やがて、小学生の家に着きました。


「ピンポン！」

呼《よ》びりんをおすと、すぐに、お母さんが出てきました。エッちゃんが、

「お子さんに用があってきました。会わせてくださいませんか？」

とお願《ねが》いすると、お母さんは首をひねりました。とつぜんやってきて、会わせてと言われても、まったく知らない人に会わせることはできません。それだけ、ぶっそうな時代になってしまいました。ひと昔《むかし》前なら、

「どうぞ！」

と言って、すぐ家にあげたものですが、今は近所の人さえ信じられません。ゆうかいや、殺人《さつじん》事件《じけん》があちこちで起《お》こっています。

「どちらさまですか？」

お母さんは、エッちゃんを点検《てんけん》するかのように、上から下までくいいるように見つめました。

「決して、あやしい者ではありません。となり町の学校で先生をしています。『マジョエツコ』と申《もう》します。子どもたちから、『魔女《まじょ》先生』と呼《よ》ばれています。」

「魔女《まじょ》先生？」

と繰《く》り返す、お母さんの語調《ごちょう》には不信感《ふしんかん》がただよっていました。エッちゃんを、ますます信じられないという雰囲気《ふんいき》が、伝《つた》わってきました。その様子《ようす》を見ていた、ジンが、

「こんな時は、名刺《めいし》が功《こう》を奏《そう》す。」

と、小さくつぶやきました。エッちゃんは、あわてて、バッグから名刺《めいし》を取り出すと、お母さんに差《さ》し出しました。

「どうぞ！　こういう者です。」

エッちゃんは、６年生の担任《たんにん》でした。今年は職場体験《しょくばたいけん》をするというので、あいさつのために名《めい》刺《し》をつくったのです。

「まあ、トンカラ山の魔女《まじょ》だなんて…。おほほっ…。ごじょうだんがお好きですこと。本当に、リンドウ小学校の先生をしてらっしゃるのですね。」

名刺《めいし》を見るなり、お母さんが、くすくすと笑《わら》い出しました。その雰囲気《ふんいき》から、今度は安心の笑《わら》いだということが、感じとれました。

　自分の部屋《へや》にこもっていた小学生の男の子が、このさわぎを聞き、

「えーっ、魔女《まじょ》？」

とさけび、とび出してきました。髪《かみ》の毛は、あっちこっちにはね上がり、パジャマ姿《すがた》のままです。

これを見たお母さんは、

「りょうたが、こんなに明るい声をはりあげたのはひさしぶりです。どうぞ、中にお入りください。」

と言って、手招《てまね》きをしました。

「あの、あいぼうのネコとフクロウもいっしょですが、おじゃましてよろしいですか?」

ジンとシンちゃんは、エッちゃんのまたの下から顔をのぞかせていました。

「あらまっ、ネコさんとフクロウさん！　かわいいわね。わたしもりょうたも、動物が大好きですのよ。どうぞ、いっしょにおあがりください。主人は動物が苦手《にがて》ですが、早朝に仕事にでかけて、家にはいません。」

お母さんは、ジンとシンちゃんを見ると、大変喜《たいへんよろこ》びました。

「休日だというのに、ご主人さまは大変《たいへん》ですね。ごくろうさまです。」

エッちゃんが頭を下げると、お母さんが、

「とにかく、さあ、どうぞ！」

と、スリッパを差《さ》し出しました。エッちゃんがお母さんに、

「お子さんの部屋《へや》で話がしたいのですが、よろしいですか?」

とたずねると、お母さんはうれしそうに、

「ありがとうございます。りょうたに久々《ひさびさ》のお客さんで、どんなに喜《よろこ》ぶでしょう。」

と言いながら、三人を部屋《へや》へ案内《あんない》しました。

りょうた君は自分の部屋《へや》だというのに、お母さんと三人の後をついて、一番最後《さいご》に入りました。しきりに、エッちゃんの様子《ようす》をうかがっていました。あまりのきんちょうで声が出ません。魔《ま》

女《じょ》と聞いて、胸《むね》から心臓《しんぞう》がとびだしそうなくらいこうふんしていたのです。目をつぶって、1・2・3で、声を出してみました。

「魔《ま》、魔《ま》、魔女《まじょ》さんは、ほんものの魔女《まじょ》？」

どもりどもり、せいいっぱい息をはき出しました。

　いつもは、こんなことはありません。うるさいくらいあばれたり大声を出したりして、しかられていました。

「ええ、ほんものよ。ほら、ここに、あいぼうのネコがいるわ。」

エッちゃんがにこにこして言うと、りょうた君はほっとして、勇気《ゆうき》がわきあがってきました。

「魔女《まじょ》のあいぼうって、ふつうは黒ネコじゃないの？　白ネコじゃないか。それに関係《かんけい》のないフクロウさんも。」

りょうた君は、以前《いぜん》、本で読んだ魔女情報《まじょじょうほう》が頭にこびりつき、信じようとしません。シンちゃんは、関係《かんけい》ないと言われ、少しむっとしました。

「魔女《まじょ》のあいぼうは、最近《さいきん》、白ネコがはやっているの。それに、フクロウさんは、あなたのことを以前《いぜん》からよく知ってるの。心配してきてくれたのよ。」

エッちゃんがフォローすると、りょうた君はかなり大きな声で、

「大人《おとな》は、いつもそうやって、平気《へいき》でウソをつく。だから、いやなんだ。ちゃんと、魔女《まじょ》だって証拠《しょうこ》を見せて！」

とぐずりました。その声をリビングで聞いたお母さんが、あわててやってきました。

「りょうたったら、魔女《まじょ》さんを困《こま》らせちゃだめじゃない。せっかくきてくださったのに…。コーヒーでもどうぞ。ああ、りょうたはジュースよ。」

と言って、ひきたてのブルーマウンテンを差《さ》し出しました。

エッちゃんは、コーヒーが大好きでした。一口いただくと幸《しあわ》せな気持ちになりました。エッちゃんがりょうた君に向かって、

「お母さん、りょうた君はもう大じょうぶ。ねっ？」

とウィンクすると、りょうた君はついついつられて、

「大じょうぶ！　だから、心配しないで。」

と、答《こた》えました。

「魔女《まじょ》さん、何かあったら、えんりょなどしないで、伝《つた》えてくださいね。」

と言うと、お母さんは安心して部屋《へや》を出て行きました。

ドアの音がガチャンとすると、エッちゃんが、バッグからシルバーのペンライトを取り出して言いました。

「りょうた君、これから、あたしが魔女《まじょ》だって証拠《しょうこ》を見せるわよ。覚悟《かくご》はいい？」

「うん！」

りょうた君の声が、部屋《へや》にひびきわたりました。

エッちゃんは、りょうた君に近づくと、

「これは、魔法《まほう》のペンライト。『ビッグマン発見器《はっけんき》』っていうの。世界にたったひとつだけ。あたししか持ってない。これには、秘密《ひみつ》のパワーがかくされているの。」

と、小さな声で言いました。

「ビ、ビッグマン発見器《はっけんき》？」

りょうた君はふしぎでしかたがありません。

「そうよ！　りょうた君、あなたの心からビッグマンを出してみる。その前に、部屋《へや》の電気を消してほしいな。」

りょうた君が部屋《へや》を暗くすると、エッちゃんはペンライトの頭の部分を、ポンと1回だけおしました。

　すると、どうでしょう。あたりは、とつぜんあかね色に染《そ》まりました。まるで、夕焼け空《ゆうやけぞら》のようです。エッちゃんはりょうた君に光のシャワーを浴《あ》びせました。

「まぶしいな。」

と、つぶやいた瞬間《しゅんかん》、小さなムシが、シルエットにあらわれました。りょうた君のおへその左3センチほどのところに、ぴったりとはりついています。

　りょうた君は手をパタパタさせ、ムシをふりはらおうとしましたがびくともしません。

「りょうた君、そのムシはあなたの心に住んでいるの。取れないわ。」

りょうた君は、一瞬《いっしゅん》、こわくなりました。

「ぼく、悪い病気なの？」

「大じょうぶ！」

と言うと、エッちゃんは、ペンライトの頭の部分をポンポンと2回おしました。すると、どうでしょう。あたりは、とつぜんカナリア色に染《そ》まりました。まるで、しゃく熱の南国のようです。エッちゃんは、ムシに光のシャワーを浴《あ》びせました。そして、

「ビッグマンよ、出ておいで！」

と言うと、ゴールドに光るムシがりょうた君の体からとび出してきました。キラキラと光り、今

や、部屋《へや》は昼間のように明るくなりました。

　その時、ムシはパタパタと空をまい、りょうた君の手のひらに乗りました。

「初《はじ》めまして。君は、ぼくの体の中から、出てきたの？」

「ソウデス。ワタシハ、イマ、ツヨイヒカリニミチビカレテ、アナタノカラダカラトビダシテキマシタ。アナタガ、ワタシノゴシュジンサマデス。」

ゴールドのムシは、やはりロボットのような機械音《きかいおん》で話しました。

「ぼくが、君のご主人さま？　意味がわからない。」

りょうた君は、目の前のムシをじっと見つめました。

「ソウデス。」

その声を合図《あいず》に、シンちゃんは羽を広げとびたちました。

　部屋《へや》の中を一周《しゅう》すると、りょうた君の左かたにとまり、ゴールドのムシにたずねました。

「君は働《はたら》いている？」

しかし、シンちゃんの口は開いていません。なぜかっていうと、シンちゃんとビッグマンは、テレパシーで話していたのです。

　誰《だれ》だって、修行《しゅぎょう》を積《つ》めば、差《さ》こそあれ、心の声を聞くことができるようになります。シンちゃんは、故郷《ふるさと》のトンカラ山で、この術《すべ》を学びました。心の声は、おたがいの瞳《ひとみ》をとおし、伝《つた》わってきました。

「イイエ、ゴシュジンサマガ、ゴジブンノサイノウニキヅイテクレズ、マイニチネムッテバカリイマス。ウマレテカラ、キョウマデ、ハタライタコトガアリマセン。」

ゴールドのムシは、悲しそうに言いました。シンちゃんは、とつぶやくと、ゴールドのムシを見つめました。

「ビッグマン、しっかりと聞いてほしい！　今から、ご主人さまと話し合いの時間を取ります。ここで大切なことは、中途半端《ちゅうとはんぱ》では困《こま》るということです。わたしは中途半端《ちゅうとはんぱ》がきらいでね。二人《ふたり》で、なっとくのいくまで、とことん話し合ってもらいます。君は、りょうた君の心に住むビッグマン。つまり、才能《さいのう》です。ビッグマンは、すぐに目覚《めざ》めて働《はたら》きたいと思っていること、もし目《め》覚《ざ》めたら全力《ぜんりょく》を尽《つ》くすということ、努力《どりょく》すれば夢《ゆめ》は必《かなら》ずやかなうということ、この3点を正確《せいかく》に伝《つた》えてください。ご主人さまに君の存在《そんざい》を知らせることで、自信となり、夢《ゆめ》に向かって努力《どりょく》するようになるでしょう。それでは、せいこうを祈《いの》る！」

と言うと、シンちゃんは羽を広げ、りょうた君のかたからとびたちました。

「ハイ！　トコトン、ハナシアイマス。」

ゴールドのムシは、小さくつぶやきました。

シンちゃんは、背中《せなか》でビッグマンのつぶやきを受け止めると、今度は、ふらふらしませんでした。部屋《へや》の中を一周《しゅう》して、エッちゃんのかたにとまりました。シンちゃんは、

（なつかしい香《かお》りがするなあ！）

と、思いました。それは、トンカラ山に咲《さ》く野の花のにおいだったのかもしれません。

りょうた君とビッグマンの会話が始まりました。

「リョウタクン、キミハ、ドウシテ、ガッコウヘ、イカナインダイ？」

「行かないんじゃないさ。行けなくなったんだ。ぼくだって、本当は友だちに会いたいよ。」

りょうた君はアルバムを開くと、さびしそうに言いました。

「ドウシテ、イケナクナッタノ？」

「となりのクラスのやつに、いやな言葉を言われたんだ。絶対《ぜったい》に許《ゆる》せない。」

と言うと、りょうた君はくちびるをかみしめました。

「ドンナ、コトバダイ？」

「その言葉は、三ヶ月たった今でも耳からはなれない。とおりすがりに、『おまえなんて消えろ！』ってにらまれた。」

りょうた君は、顔をゆがめて言いました。

「ヒドイコトバダネ。ソンナ、コトバヲイワレテ、ウレシイヒトハ、イナイ。ソレデ、アイテハ、ダレダッタノ？」

「相手《あいて》は、学校でかなり有名ないじめっこ。調べたら、被害《ひがい》にあったのは、ぼくだけじゃなかった。言い返せない弱い生徒《せいと》をターゲットに、次から次へといじめていたらしい。やつに、何をしたわけでもない。ぼくはくやしくてしょうがなかった。次の日、学校へ行こうとしたけど、体が動かなかった。」

りょうた君は、その時のことを思い出すかのように、目を閉《と》じて言いました。

「ツラカッタネ。コウドウシヨウトオモッテモ、カラダガ、ウゴカナイコトガアル。ソレハ、ミモココロモ、ソウトウ、ツカレテイルショウコサ。ジブンヲ、マモッテイルンダ。ソンナトキハ、ジュウブンナ、キュウヨウヲトッタホウガイイ。」

「一日休んだけれど、すっきりしない。次の日、もうすこしだけ休もう！　と思っていたら、いつのまにか3ヶ月もたっていた。ぼくだって、こんなに休むつもりはなかった。」

と言うと、カレンダーに目をやりました。

「シカタナイサ。トコロデ、ソノアイテヲ、マダウランデイルノカイ？」

「相手《あいて》なんて、もうどうだっていい。うらむとかうらまないとか、ぜんぜん考えてない。風のたよりで、転校したって聞いた。」

「ヨカッタジャナイカ。コレデ、ガッコウヘイケル。」

「ううん、朝、起《お》きられなくなってしまったんだ。ああ、今日《きょう》は特別《とくべつ》。魔女《まじょ》さんが来たっていうので、おどろいて目が覚《さ》めた。ふだんの日はねてる。」

「オキラレナイ？　ソレハマタ、ドウシテダイ？　ゴネンセイノコロマデ、キミハ、ズット、ヒトリデ、オキテイタジャナイカ。」

「理由《りゆう》は簡単《かんたん》さ。夜、おそくまで起《お》きているから起《お》きられなくなった。」

「オキテ、ナニヲシテイルンダイ？」

「いろいろあるさ。好きなゲームをしたり、マンガ本を読んだり、テレビを見たり、明け方までやることはいっぱなんだ。夜起《お》きているかわりに、昼間、ねむるようになった。」

ビッグマンが部屋《へや》を見渡《みわた》すと、マンガ本やらゲームのカセットが、あちこちにとびちっていました。

「ソレジャア、ハヤクベッドニツイタラ、アサ、オキラレルサ。」

「そんなことわかってる。でも、ぼくにとって、それができない。もしも、早くベッドについたら、次の朝は、しっかりと起《お》きて、学校へ行かなくちゃならない。それがこわいものだから、わざと、夜中に起《お》きだして、朝、起《お》きられなくしている。」

「ドウシテ、ソンナコトヲ？」

「わからない。」

りょうた君は、ポツリと答《こた》えました。

「アハハハ…。キミハ、ショウジキデイイ！ デモ、ドウシテダロウネ？ ボクノヨソウデハ、キット…。ハナシテイイカイ？」

ビッグマンがりょうた君の顔を見ると、りょうた君は、

「はい！」

と、大きな返事をしました。

「ガッコウハ、ダレモガ、イクベキモノトイウ、セケンノ、ジョウシキガアル。ナノニ、キミハ、リユウハトモカク、ナガイアイダ、ヤスンデシマッタ。ソレガ、キミノココロノナカデ、『ザイアクカン』ニ、ヘンカシ、キミヲ、コマラセテイルノデハ、ナイダロウカ。ツマリ…、ベツノコトバデ、ヒョウゲンスルト、サボッテシマッタトイウ、イシキカラ、ヌケダセナイデイル。ドウダイ？」

と言うと、ビッグマンは、りょうた君の顔を見上げました。りょうた君が、首をたてにふってうなずくと、また、続《つづ》けました。

「シカモ、サンカゲツカンモ、サボリニサボッテシマッタノデ、コンドハ、ギャクニ、ハズカシクテ、ガッコウヘ、イケナイ。アルイハ、『モット、サボッテイタイ！』、トイウイシキガ、コウドウヲ、シハイシテイル。」

りょうた君はビッグマンの話を聞きながら、

（くやしいけれど、ビッグマンの言うとおりかもしれない。）

と、思いました。りょうた君は、大きくうなずきました。

「ゲンインガ、トリノゾカレタノニ、トウコウデキナイ。ソノジジツハ、トウコウデキナイ、ゲンインハ、イジメタアイテデハナク、『ジブンジシンノココロ』ニアル、トイウコトヲ、シメシテイル。」

「学校へ行けないのは、ぼくの心が原因《げんいん》?」

「ソウデス。ヒルマハ、ガッコウヲ、サボッテイルノデ、ガイシュツデキナイ。ヒトノメガ、アリマスカラネ。トナルト、ガイシュツデキルノハ、ヒトビトガ、ネシズマッタ、マヨナカッテ、コトニナル。キミハ、オヒサマガ、コワクナイ、デスカ? ニンゲンガ、オソロシクアリマセンカ?」

「ぜーんぶ、ビッグマンの言うとおりさ。夜が明け、明るくなるのがこわい。人の目がおそろしい。しかし、君はすごいなあ。ぼくの心を、ぼくよりくわしく知っている。」

りょうた君は感心して言いました。

「オイオイ、ソンナニ、ホメナイデクレ。ボクハ、キミノココロニ、スンデイルンダヨ。シッテイテ、アタリマエダロウ。ソレヨリ、コレカラ、ドウシタイ?」

問題《もんだい》はこれからです。ビッグマンの腕《うで》がかかっていました。

「ガッコウヘイク? ソレトモ、コノセイカツヲ、ツヅケルカイ?」

ビッグマンは、静《しず》かにたずねました。

「学校へ行きたいに決まってる。」

りょうた君の瞳《ひとみ》が光りました。

「ヨカッタ! ソレジャア、ハナシハハヤイ。ボクハ、ビッグマン。リョウタクンノサイノウダ。」

ビッグマンは、自信満々《まんまん》に言いました。

「ぼくの才能《さいのう》?」

りょうた君には、何のことかさっぱりわかりません。

「ゴメン! マズ、ジコショウカイカラ、ハジメヨウ。ボクハ、ビッグマン。イママデ、ジュウイチネンカン、キミノココロニ、ネムッテイタ、『サイノウ』デス。キョウ、マジョサンニ、ヨバレテ、オキタラ、ニンゲンカイニ、タイムスリップ! コンナ、フシギナハナシハ、ボクタチ、ビッグマンノ、レキシニモ、アリマセン。タブン、ハジメテノ、ジケンダト、オモイマス。マア、コンナコトハ、イマ、ドウデモイイコトデスガ…。ホンダイニハイロウ!」

りょうた君は、胸《むね》がどっきんどっきんしてきました。

「ボクガ、ネムッテイタ。ツマリ…、ココデ、ジュウヨウナ、ジジツハ、キミノサイノウハ、イママデ、マッタク、ツカワレテナカッタ、トイウコトデス。」

「才能《さいのう》が使われていないって?」

「サイノウトハ、『モノゴトヲ、ナシトゲルタメノ、チエヤ、ノウリョク』ヲサス。ボクノカラダニハ、ショウライ、キミガ、ツカウハズノ、チエヤノウリョクガ、ムゲンニ、ツマッテイル。イママデ、ソレガ、マッタク、ツカワレテイナカッタノデス。」

「ぼくに、才能《さいのう》なんてあったの?」

りょうた君は、目をぱちくりさせて言いました。

「モチロンサ! コンナニ、キラキラト、カガヤイテイルジャナイカ。リョウタクン、キミニモ、ミエルダロウ? ボクハ、イママデ、ドンナニ、ハタラキタカッタコトダロウ。イチドキメタラ、ゼンリョクヲツクスカラネ。」

ゴールドのムシは自信満々《まんまん》に言うと、ゴールドの光がますます強くなりました。りょうた君は、思わず目を細めました。

「ぼくの才能《さいのう》！」

りょうた君はすっぽんぽんになって、かけだしたい気持ちになりました。そのとき、ゴールドのムシが、右手をあげ、ちかいの言葉を述《の》べました。

「センセイ！　ボクハ、ビッグマンセイシンニノットリ、セイセイドウドウト、タタカイヌクコトヲ、チカイマス！　リョウタクンガ、セイイッパイ、ドリョクスルコトデ、モクヒョウヤユメハ、カナラズ、カナウデショウ！」

「ぼく、今まで自分に自信がなかったんだ。何をやってもうまくできない。何をやってもみんなよりおそい。だから、もうどうでもいいってあきらめていた。だけど、ぼくには、こんなにすばらしい才能《さいのう》があったんだもの。がんばるよ。でなくちゃ、ぼくのビッグマンがかわいそうだ。11年もの間、気づかずにいてごめんなさい。でも、今度のことがなかったら、ぼくは、君を、一《いっ》生《しょう》ねむらせてしまうところだった。」

りょうた君は、小さいけれど、力強い声でつぶやきました。

次の瞬間《しゅんかん》、ビッグマンとりょうた君は、瞳《ひとみ》を合わせ、しばし見つめ合っていました。りょうた君にパワーが充電《じゅうでん》されていくようでした。


エッちゃんは、ペンライトの頭の部分をポンポンポンと3回おしました。すると、どうでしょう。あたりは、とつぜんるり色に染《そ》まりました。まるで、ギリシアに広がるエーゲ海のようです。エッちゃんは、光のシャワーを浴《あ》びせました。そして、

「ビッグマンよ、自分のすみかにもどりなさい！」

と言うと、ゴールドのムシは、パタパタと空をとびりょうた君の体にもどりました。るり色の明かりが消えると、あたりは、とつぜん真《ま》っ暗《くら》になりました。

りょうた君が、あわてて、電気をつけると胸《むね》に手をあてて言いました。

「魔女《まじょ》さん、一体、何が起《お》こったの？　ついさっき、ぼくのおなかからムシさんが出てきて、お話をいっぱいしたよ。ぼくのムシさんは、今までねむっていたけれど、これから起《お》きるんだって。」

「へぇ。どうして？」

エッちゃんが、おどろいてたずねました。

「ぼくが学校へ行くっていったからさ。」

「学校へ行くんだ。」

シンちゃんが、繰《く》り返しました。

「うん。努力《どりょく》すれば、ぼくにはできるはずだって。ぼくの心にねむっていた才能《さいのう》が言ったんだ。うそじゃない。」

「りょうた君、学校へ行くには、勇気《ゆうき》も必要《ひつよう》だよ。」

ジンがアドバイスすると、りょうた君は、

「まかしておいて！　ぼくには、無限《むげん》の才能《さいのう》がある。」

と、言いました。りょうた君は心の底《そこ》から自信がみなぎってくるのを感じました。

8　みかちゃんの悲しみ

さて、次の日、りょうた君は、どうなったでしょうか?

「父さん、母さん、おはよう!」

と言うと、ランドセルをかついでリビングにやってきました。朝から、起《お》きだしてくるのは3ヶ月ぶりです。

お父さんとお母さんは、びっくりぎょうてん！　目をぱちくりさせて、りょうた君を見つめました。

「ぼく、今日《きょう》から学校へ行くよ。」

りょうた君の顔は、お日さまより輝《かがや》いていました。昨日《きのう》の晩《ばん》は、いつもより早くねて朝をむかえました。

「この日をどんなに待っていたことだろう。ねえ、母さん！」

お父さんはお母さんの方を見ると、目を細めて言いました。

「ええ、こんなにうれしいことはないわ。」

お母さんの目には涙《なみだ》があふれて、りょうた君の姿《すがた》がぼやけて見えました。その時、お父さんがカレンダーを見て、

「りょうた、今日《きょう》は春休みだ！」

とさけびました。

「そういえば、昨日《きのう》、近所のクラスの友だちが、りょうたにって春休みのしおりを届《とど》けてくれたばかり…。わたしったらうっかりしてた。りょうたごめんなさい。今、渡《わた》すから…。」

お母さんがプリントを取りにいこうと立ち上がった時、りょうた君は、

「お母さんが、あやまることないさ。学校をずっと休んでいたぼくが悪いんだ。よく考えたら、4月から6年生。こんな大切なこと、忘《わす》れるところだった。」

と、笑顔《えがお》で言いました。りょうた君は、ランドセルをおろすと、

「お母さん、ひさしぶりにお母さんの焼《や》いたあまーいたまご焼《や》きが食べたい！」

と言って、テーブルにつきました。

「わかったわ。今日《きょう》は大ふんぱつして、たまご3こ分のを作るわね。」

「母さん、わたしのは、こんなに小さいのに…。」

お父さんはさびしそうに自分のお皿《さら》を見つめると、りょうた君は、

「大じょうぶだよ、父さん。ぼくのを一切れあげるから。」

と言って、笑《わら》いました。

「おいおい、たった一切れかよ。たまご3こといったら、そうとうだよ。」

「だって、父さんは、毎日《まいにち》、食べていたじゃないか。」

じょうだんを言いあっていると、お母さんがにこにこして、

「できたわよ！　りょうた。」

と言って、白いお皿《さら》をおきました。お皿《さら》の真ん中には、お日さま色のたまご焼《や》きが七つ、湯気《ゆげ》をだし正座《せいざ》していました。りょうた君は、

「いただきます！」

と言うのと同時に、たまご焼《や》きを口にほおばりました。

「お母さん、とってもおいしいよ！」

一気《いっき》に、七切れものたまご焼《や》きが、りょうた君の口の中に入って、モグモグ…。お父さんが、あっけにとられて言いました。

「あれれっ？　わたしに、一切れくれるんじゃあなかったっけ？」

「父さん、ごめん！　食べちゃった。」

りょうた君は、頭をかいてあやまりました。

「全部《ぜんぶ》食べてくれて、母さん、とってもうれしい。やっと、三ケ月前のりょうたが、もどってき

たわ。」

お母さんが笑顔《えがお》で言うと、りょうた君が、

「お母さん、ここにいるのは、三ヶ月前のぼくじゃないよ。今のぼくは顔が同じでも、決して、過去《かこ》のぼくじゃない。かべを乗り越《こ》えた新しいぼくなんだ。」

と、どうどうと言いました。

「ぼく、今から学校へ行ってくる。誰《だれ》もいなくたって平気《へいき》さ。たまご焼《や》きを食べたら、むしょうに行きたくなったんだ。」


りょうた君はスポーツシューズをはくと、学校へ向かってかけだしました。お日さまの中を走るって、こんなに気持ちのよいものだったでしょうか。何も考えずに、りょうた君は、ただもくもくと走り続《つづ》けました。


しばらくすると、学校に着きました。校庭には、陸上部《りくじょうぶ》の子どもたちが声を上げ走っていました。りょうた君の姿《すがた》を見つけると、

「りょうたー!」

と言って、いっせいにあつまってきました。

りょうた君のまわりは、ドーナッツのように人の群《む》れができました。

「どうしてた?」

「ずっと、待ってたんだぞ!」

「会いたかったわ!」

みんな、口々《くちぐち》に言いました。あまりのなつかしさで、もみくちゃにされました。

りょうた君はうれしくて、声が出ませんでした。かわりに、目に光るものが浮《う》かび上がりました。とつぜん、キャプテンのたくみ君が、

「りょうた、いっしょに走ろうぜ!」

とさそうと、りょうた君は大きくうなずきました。今度は、たくみ君とりょうた君を先頭に、大きなうずまきができました。

うずまきは幸《しあわ》せそうな笑《わら》い声を上げ、しばらく続《つづ》いていました。


ところで、りょうた君は4月になって、学校へ行けたかって?

もちろんです! 始めは、たくみ君がむかえに来てくれて、そのうち、たくみ君をむかえに行くようになって、元気よく学校へ通《かよ》いました。

まず、陸上部《りくじょうぶ》に入り基礎《きそ》体力をつけ、二学期になると、十月の市内の大会に向け、高とびの選手《せんしゅ》をめざして練習《れんしゅう》しました。その練習《れんしゅう》ぶりといったら、はんぱじゃありません。

みんなより早く学校へ行き、教室の窓《まど》をあけ、校庭を3周《しゅう》走り、高とびの準備《じゅんび》をしました。自分の練習《れんしゅう》だけではなく、準備《じゅんび》や後片《あとかた》づけまでを行《おこな》ったので、その姿《すがた》は、メンバーの意識《いしき》を変《か》え、陸上部《りくじょうぶ》をやる気の集団《しゅうだん》に変《か》えました。

りょうた君の心の中では、今までねむっていたビッグマンが起《お》きだして、全力《ぜんりょく》で働《はたら》いていました。約束《やくそく》をしたあの日から、一度もねていません。どうしてかって? それは、りょうた君が、いっしょうけんめいに努力《どりょく》していたからです。

十月の市内大会には、選手《せんしゅ》として出場できるかどうかはわかりません。けれども、努力《どりょく》の喜《よろこ》びを知ったりょうた君に、こわいものはありません。

「次がだめなら、次の次がある。」

自分に言い聞かせて、はげみました。もう大じょうぶでしょう。

さて、りょうた君のビッグマンはどうなったかって？　とつぜんですが、ここで、ビッグマンの声を聞いてみましょう。

「イマ、マイニチガ、トッテモタノシイ！　ゴシュジンサマガ、1ニチ1ニチヲ、セイイッパイイキテイルノデ、ヨルモ、グッスリト、ネムレルヨウニナッタ。ウレシイコトニ、ハヤネ、ハヤオキ、アサゴハンガ、シュウカンカサレタノデ、カラダモ、イゼンヨリ、ズットジョウブニナッタ。」

発明品《はつめいひん》が届《とど》いて、2日目の朝がやってきました。ここはエッちゃんの家です。

「りょうた君、学校へ行けるようになるといいわね。」

エッちゃんが、モーニングコーヒーを飲みながら言いました。

「ああ、でも、学校は、まだ春休みだから、わからない。」

ジンはにぼしをカリカリかじると、しんちょうに答《こた》えました。

「りょうた君はビッグマンと約束《やくそく》したんだ。どんなことがあっても学校へ行くさ。」

シンちゃんは、食後のいっぷくをしながら言いました。ホッホッホッとけむりの輪《わ》をつくると、気持ちよさそうにフーッとはき出しました。それを見て、エッちゃんは、

〈うふふっ、小人《こびと》にでもなって、あの輪《わ》の中をくぐって遊んだら楽しそうね。だけど、けむりの輪《わ》ってあついのかしら…？　体がとけちゃっても困《こま》るし…。あっ、そうだ！　けむりを七色に

染《そ》め上げたら、虹色《にじいろ》リングのできあがり！　指《ゆび》につけたら、おひめさまになれるかも…！　そうよ、きっと、あたしは世界一の王女様。背《せ》が高くて、ハンサムで、その上、うでっぷしも強くって、やさしい白馬の王子様、早くあらわれないかな？）

なんて想像《そうぞう》をふくらませ、ひとり苦笑《くしょう》していました。

みなさんの中には、

「エッちゃんは、こんなくだらないことをしんけんに考えるなんて、頭がおかしいんじゃないか！」

って、おこったり、笑《わら》ったりする方がおられるかもしれません。確《たし》かに、みなさんにとって、たばこのけむりなんて、過《す》ぎ去っていく日常《にちじょう》の、ありふれた風景《ふうけい》のひとつにちがいありません。でも、エッちゃんにとって、こんな想像《そうぞう》こそ、至福《しふく》の喜《よろこ》びだったのです。

人には、人それぞれの生き方・楽しみ方があるということでしょう。

「さて、今日《きょう》はどこへ行こう？」

エッちゃんは勢《いきお》いよくカーテンを開けると、大きな空を見上げて言いました。今日《きょう》も、抜《ぬ》けるような青空が広がっています。

昨日《きのう》の晩《ばん》は、エッちゃんもジンも、ぐっすりとねむりました。たとえ、どんな大きな地震《じしん》がきても、わからなかったでしょう。

問題《もんだい》は、シンちゃんでした。夜行性《やこうせい》のフクロウは、昼間活動すると、はたして、夜、ねむることができるのでしょうか？

答《こた》えは、ドドドドンっ！　『わからない』が正解《せいかい》です。なぜかっていうと、二人《ふたり》が熟睡《じゅくすい》するのを、うらやましそうに見ていたからです。シンちゃんは、結局《けっきょく》、ねむれないまま、一晩《ばん》を過《す》ごしました。

今後、これが続《つづ》くのかどうかは、様子《ようす》をみてからでないとお答《こた》えできません。

「じつは、もう一人《ひとり》心配な少女がいる。」

シンちゃんが、額《ひたい》にシワを3本寄《よ》せて言いました。

「その子も学校へ行かないの？」

エッちゃんはコーヒーにミルクを入れると、ぐるぐるかき回しながら言いました。

「いや、行ってはいるが、ひまさえあれば、外をボーッとながめ、ため息をついている。なんていうか、ゆうれいみたいなんだよ。」

シンちゃんは、今朝《けさ》、2本目のたばこをふかしながら言いました。

「何があったのかしら？」

エッちゃんは、ふしぎそうに首をかしげました。

「詳《くわ》しいことはよくわからないが、何かあったことは事実《じじつ》だ。何もなかったら、魂《たましい》の抜《ぬ》けがらのようにはならない。」

ジンがけわしい顔をして言うと、シンちゃんは、

「確《たし》かなことは、おそらく、その子のビッグマンも、りょうた君と同じように、熟睡《じゅくすい》しているということだ。」

と言って、短くなったたばこの火をもみ消しました。コンコンッと変《へん》なせきがでた時、シンちゃんははっとしました。

（しまった！　また、すってしまった！　あんなに減《へ》らそうと決意していたのに…。アーア…。だけど、すってしまったものはしかたない。ここで、なげいていたって何も解決《かいけつ》はしない。問題《もんだい》は、

これからだ。)

シンちゃんの心の中で、いつもの葛藤《かっとう》が起《お》こっていました。

「それじゃ、決まり！　今日《きょう》はその子の家に行こう！」

ジンは高くジャンプすると、ポーンと二回転して言いました。

「ジン君すごい！　二回転とは…。」

シンちゃんが、おどろきの声をあげました。ジンはシンちゃんにほめられると、なんだかうれしくなりました。


「2日目の冒険《ぼうけん》にしゅっぱーつ！」

エッちゃんがさけびます。

「今度は、シンちゃんもお乗り。」

ほうきのばあさんがさけびます。

「サンキュー！」

シンちゃんの声が近くの山にこだますると、一羽と一人《ひとり》と一匹《いっぴき》は、青い空にまい上がりました。

下界《げかい》では、あちらこちらで、『春のファッションショー』が開かれていました。参加者《さんかしゃ》は、今、満開《まんかい》のサクラたちです。この会場では、同時に、『ミス・サクラの木』も決定されるらしく、里《さと》は、ひときわピンクに輝《かがや》いていました。

審査《しんさ》のポイントは、花の色、大きさ、形、香《かお》り、つぼみの数、品格《ひんかく》などでした。一番重要《じゅうよう》なのは、落ちついた品格《ひんかく》だったとか…。審査員《しんさいん》は、もちろん、『うまれたての春風』でした。古い常識《じょうしき》にとらわれず、新しい感覚《かんかく》で選《えら》ぶことができたからです。さて、今年のミス・サクラの木の栄冠《えいかん》に輝《かがや》いたのは、どの木だったでしょう。

やがて、少女の家に着きました。

「あの子です。」

シンちゃんが指差《ゆびさ》した先には、一人《ひとり》の少女がため息をつき、窓《まど》の外をながめていました。

イチゴ色のパジャマからは、細いうでがとび出し、見るからに弱々《よわよわ》しそうです。キュウリのように青い顔は、どこか病気ではないかと思われました。ぼんやり、遠くを見ているようですが、目に力がありません。どこも見ていないようにも思われます。生気《せいき》がなく、人形のような雰囲《ふんい》気《き》がただよっていました。

「こんにちは！　はじめまして。トンカラ山からやってきた魔女《まじょ》です。」

エッちゃんが、竹ぼうきを左右にふって声をかけると、少女は、始め、おどろいたようにエッちゃんを見つめ、そして、少しするとくくっと鳥のように笑《わら》いました。エッちゃんは、それを見逃《のが》すことなく、

「お名前は？」

とたずねました。すると、少女は恥《は》ずかしそうに、

「み、み、みか。」

と、答《こた》えました。次に、ジンがやって来て、

「みかちゃん、ハーイ！」

と言いながら、得意《とくい》の3回転をしてみせました。すると、少女はおどろいて手をたたきました。

最後《さいご》は、シンちゃんがやって来て、

「みかちゃん、ハロー!」

と言いながら、首を一回転させせました。すると、少女はおどろいて、手をパチパチとたたきました。

(あれれっ? なんだか、楽しくなってきた!)

少女は、心でつぶやきました。こんな気持ちになれたのは、何年ぶりだったでしょう。

「ねぇ、みんな。…、あ・あ・あ・遊びにこない?」

少女の口から、めずらしい言葉がとび出しました。

　少女は、あわてて口をおさえました。まさか、自分から人をさそうなんて…。こんなことは、少女の人生《じんせい》で初《はじ》めて。今までに、ありませんでした。それは、小さいけれど、はっきりとした声でした。

「ありがとう。おじゃまします。」

三人は、エッちゃんを先頭に少女の部屋《へや》に入りました。

「お家の人に、あいさつをしたいんだけど、いらっしゃるかしら?」

エッちゃんは、いつも子どもたちに口をすっぱくしていることをたずねました。

「お家の人は、誰《だれ》もいないわ。」

みかちゃんが、首をふって答《こた》えました。

「こんな時間から、一人《ひとり》なの?」

エッちゃんが、びっくりしてたずねます。時計は、まだ、午前七時をさしていました。

「パパとママはお仕事よ。パパは小さい会社の社長さんで、ママは手伝《てつだ》ってるの。」

「そう…。」

エッちゃんは大きくうなずきながら、勇気《ゆうき》をふりしぼって、次の質問《しつもん》をしました。

「さびしくないの？」

すると、みかちゃんの瞳《ひとみ》から、涙《なみだ》がはらはらとこぼれ落ちました。

「ごめんなさい、変《へん》なことたずねちゃったみたい。」

エッちゃんがあやまると、みかちゃんは首を左右にふりながら言いました。

「あのね、ベリーが死《し》んじゃったの。」

「ベリーって？」

「かっていた犬よ。犬に似合《にあ》わず、イチゴが大好きだったから、ストロベリーのベリーをとってつけたの。イチゴが好きな犬なんて、めずらしいでしょう？　びっくりしちゃった。わたしも、イチゴに目がなかったから、ベリーのこと、会った時から、他人《たにん》とは思えなかった。運命《うんめい》かなって…。もちろん、すぐに、仲良《なよ》くなったわ。それから、いっぱい遊んだ。ところが、去年の夏休みに、交通事故《こうつうじこ》にあって天国へいっちゃったの。」

みかちゃんは、ベリーといっしょにとった写真を指差《ゆびさ》して言いました。写真には、チョコレート色したチワワをだいている、笑顔《えがお》の少女がうつっていました。

「そうだったの。」

「ベリーは、わたしが小学校に入学する日にやってきた。犬が大好きだったわたしに、パパとママからのプレゼントだったの。それからは、毎日《まいにち》、ベリーと一緒《いっしょ》に過《す》ごした。うれしい時はいっしょに笑《わら》い、悲しい時はいっしょに泣《な》いた。どんな時もいっしょだった。ベリーは、わたしの希望《きぼう》だったの。ところが、あの夏の日、とつぜん、すべてが消えた。わたしがベリーを殺《ころ》しちゃったの。」

みかちゃんは、両方のにぎりこぶしで、窓《まど》の桟《さん》（横木）をドンドンたたきました。

「みかちゃん、そんなに強くたたいたら、血《ち》が出ちゃうよ。」

エッちゃんがあわてて止めようとすると、みかちゃんは、

「わたしなんて、きずついた方がいいの。ベリーのいたさと比較《ひかく》したら、くらべものにならない。」

と言って、また、強くたたきつけました。まるで自分を憎《にく》んでいるかのようでした。

「そんなこと、しちゃいけないわ。みかちゃん、あなたの身体《からだ》、つまり命《いのち》は、パパとママが授《さず》けてくれた、かけがえのない宝物《たからもの》よ。それを、何の意味もなしにきずつけるなんて…。そんなわがまま、許《ゆる》されることじゃないわ。それに、はっきり言わせてもらうけど、あなたの命《いのち》は、あなただけのものじゃない。もし、あなたがきずついたり、いなくなったりしたら、周《まわ》りの人達《たち》は、どんなに悲しむことでしょう。だから、勝手《かって》にきずつけちゃいけないの。」

エッちゃんは、みかちゃんの手を取ると、必死《ひっし》でうったえました。

「だって、わたし、ベリーを殺《ころ》しちゃったのよ。世にいう殺人犯《さつじんはん》だわ。人間《にんげん》だったら、警察《けいさつ》につれていかれて、刑務所《けいむしょ》に入れられて、ばつを受ける…。家になんかいられないはずよ。」

みかちゃんは首をすくめると、ぶるぶると体をふるわせて言いました。

「さっきは、交通事故《こうつうじこ》だって…。」

エッちゃんが、首をかしげました。

「交通事故《こうつうじこ》にはちがいないけど、わたしが原因《げんいん》なの。」

と言うと、みかちゃんの瞳《ひとみ》に、また、新しい涙《なみだ》がふくれあがりました。

「あの日、いつものように、ベリーと散歩《さんぽ》していたら、とつぜん、強い風が吹《ふ》いてきて、わたしのかぶっていた麦わら帽子《ぼうし》が道路《どうろ》にとばされたの。ベリーったら、あわてて、帽子《ぼうし》をとりに走り出したの。その瞬間《しゅんかん》、対向車《たいこうしゃ》にはねられた。即死《そくし》だったわ。だから…、わたしが殺《ころ》したの。あの日、

帽子《ぼうし》さえ、かぶっていなければ…。」

みかちゃんの瞳《ひとみ》からは涙《なみだ》がこぼれ落ち、鼻《はな》からは水が流れ、ぐしゃぐしゃになっていました。

「ゴメン！　つらいこと、思い出させちゃったわね。」

エッちゃんがハンカチを渡《わた》すと、みかちゃんは、

「ううん、いいの。エヘヘッ、ひさしぶりに泣《な》いたら、なんだかすっきりした。」

と言って、小さく笑《わら》いました。

「よかったわ！」

エッちゃんも、笑顔《えがお》で言いました。

「あのね、ここからベリーがかえってくる夢《ゆめ》を見るの。それから、窓《まど》の外をみるのが習慣《しゅうかん》になった。」

みかちゃんは窓《まど》から顔を出し、遠くの空を見つめて言いました。

「みかちゃん、残念《ざんねん》なことだけれど、一度死《し》んでしまったら、二度とこの世にもどってくることはできないの。いくら待っていても、ベリーは来ない。」

「ちがう！　ベリーは、絶対《ぜったい》にくる。だって、『ずっといっしょにいようね。』って、約束《やくそく》したもの。」

みかちゃんの顔からは笑顔《えがお》が消え、また、涙《なみだ》が流れ落ちました。

「みかちゃんの気持ちはよくわかる。でも、この世には、自分ではどうすることもできない苦しみがあるの。無情《むじょう》といってね、耐《た》えるよりしかたがない。ただ、ベリーはこの世にはもどってこれなくても、お空からみかちゃんのこと見てる。がんばれ！　って応援《おうえん》しているはずよ。」

エッちゃんが空を指差《ゆびさ》して言いました。

「そんなのいや！　わたし、ベリーがもどってくるまで、ずっとここで待ってる。」

みかちゃんは、大きな声でさけびました。

　でも、みかちゃんは、生き物は一度死《し》んだら二度と生き返らないこと、ベリーに会えないことをじゅうじゅう承知《しょうち》していました。それじゃ、どうしてさけんだのでしょう？　それは、みかちゃんの感情《かんじょう》が、ベリーの死《し》を認《みと》めたくなかったからでした。

　エッちゃんは、みかちゃんが落ち着くのを待って、たずねました。

「みかちゃん、今、いくつ？」

「わたし10歳《さい》。小学4年生よ。」

みかちゃんは、涙《なみだ》がかわいた顔で言いました。

「この先、みかちゃんが20歳《さい》、30歳《さい》、40歳《さい》、50歳《さい》、60歳《さい》、70歳《さい》、80歳《さい》…になっても、ずっと、ここからながめているの？」

「もちろん！」

みかちゃんの答《こた》えに、とまどいは感じられません。

「それじゃ、何もしないで、おばあちゃんになってしまう。」

「いいの。」

みかちゃんは、少し投《な》げやりに答《こた》えました。

「本当に、そうかしら？　あたし、みかちゃんの心に聞いてみるわ。今から、みかちゃんの心、出すからね。」

「心を出す？　うそでしょう？」

みかちゃんには、ぜんぜん信じられません。

「うそじゃないわ。だって、あたし、魔女《まじょ》だもの。さあ、みかちゃん、行くわよ。準備《じゅんび》はいい？」

エッちゃんが、バッグからシルバーのペンライトを取り出して言いました。

「ま、ま、待って！　もしも、心を抜《ぬ》き取られたら、わたしはどうなるの？　感情《かんじょう》がなかったら、笑《わら》ったり泣《な》いたりできない。ロボットになってしまうの？」

みかちゃんは、あたふたして言いました。

「大《だい》じょうぶよ。お話を聞いたら、また、みかちゃんの体にもどす。それならいいでしょ？」

「わかったわ！」

みかちゃんの顔が、一瞬《いっしゅん》ひきしまって見えました。


エッちゃんが、ペンライトを1回おすと、みかちゃんの体にムシがあらわれました。続《つづ》いてポンポンと2回おして、

「ビッグマンよ、出ておいで！」

と言うと、ゴールドに光るムシがみかちゃんの体からとび出してきました。ムシはパタパタと空をまい、みかちゃんの手のひらに乗りました。

「ほら、これがあなたの心よ。」

エッちゃんが言いました。

「こんにちは！　あなた、わたしの心？」

みかちゃんは、どきどきしながらたずねました。

「ソウデス。ワタシハ、イマ、ツヨイヒカリニミチビカレテ、アナタノカラダカラトビダシテキマシタ。アナタガ、ワタシノゴシュジンサマデス。」

ゴールドのムシは、やはりロボットのような機械音《きかいおん》で話しました。

（ゴールドのムシは、人間《にんげん》がちがっても、同じ言葉を話す。どうしてかしら？）

エッちゃんは、ふしぎに思いました。

じつは、ゴールドのムシたちには、『話し方のマニュアル』があったのです。なぜかって？　生まれてから、まだ、一度も起《お》きたことがないムシが多くいたために、とつぜん、目が覚《さ》めても、話し方がわからない、会話できないという事態《じたい》が多く発生していたからです。それを防《ふせ》ぐために、かみさまはマニュアルを作って、ゴールドのムシたちにインプットしました。そのおかげで、目が覚《さ》めたムシたちは、言葉につまることなくすらすらと会話することができたのです。

まあ、話すといっても、心の中に住んでいる、エンジェルやオニ、裁判官《さいばんかん》に限《かぎ》られていましたけどね。今回のように、心の外に出てきて、話すということはめったに、いやいやまったくありませんでした。

「えっ、今、何ていったの？」

みかちゃんは、目の前のムシをじっと見つめました。

「ワタシハ、アナタノココロ。ツマリ、アナタガ、ワタシノゴシュジンサマナノデス。」

その声を合図《あいず》に、シンちゃんは羽を広げとびたちました。

部屋《へや》の中を3周《しゅう》すると、みかちゃんの左かたにとまり、ゴールドのムシにたずねました。

「君は働《はたら》いている？」

「イイエ、ゴシュジンサマガ、ゴジブンノサイノウニキヅイテクレズ、マイニチネムッテバカリイマス。ウマレテカラ、キョウマデ、ハタライタコトガアリマセン。ナンドカ、メヲサマシタコトハアルノデスガ…。」

ゴールドのムシは、悲しそうに言いました。

シンちゃんは、

「やっぱり、君も同じか。」

とつぶやくと、ゴールドのムシを見つめました。

　もちろん、シンちゃんと、ビッグマンは、テレパシーで会話していました。

「ビッグマン、しっかりと聞いてほしい！　今から、ご主人さまと話し合いの時間を取ります。二人《ふたり》で、なっとくのいくまで、とことん話し合ってもらいます。あなたは、みかちゃんの心に住むビッグマン。つまり、才能《さいのう》です。ビッグマンは、すぐに目覚《めざ》めて働《はたら》きたいと思っていること、もし目覚《めざ》めたら全力《ぜんりょく》をつくすということ、努力《どりょく》すれば夢《ゆめ》は必《かなら》ずやかなうということ、この3点を正確《せいかく》に伝《つた》えてください。今、ご主人さまは、あなたの存在《そんざい》をまったく知りません。特《とく》に、ベリーが死《し》んでしまってからというもの、夢《ゆめ》や希望《きぼう》を失《うしな》い、自分なんて、もうどうだっていいという心境《しんきょう》におちいっています。そして、『自分には、生きていく力なんてこれっぽっちもない。』と、大きなかんちがいをしています。ここで、あなたの存在《そんざい》を知らせることで、自信となり、夢《ゆめ》に向かって努力《どりょく》するようになるでしょう。それでは、せいこうを祈《いの》る！」

と言うと、シンちゃんは羽を広げ、みかちゃんのかたからとびたちました。

「ワタシニ、マカセテクダサイ！」

ゴールドのムシは、自信たっぷりに言いました。

　シンちゃんは、ビッグマンのつぶやきを聞くと、安心してエッちゃんのかたにとまりました。

9　みかちゃんの変身《へんしん》

みかちゃんとビッグマンの会話が始まりました。

「ミカチャン、アナタハ、ドウシテ、ソラバカリミツメテイルノ？」

「ベリーが帰ってくるのを待ってるの。ベリーと、ずっといっしょにいようねって約束《やくそく》をした。」

と言うと、みかちゃんの瞳《ひとみ》はキラリと光りました。

「ベリーハ、シンデシマッタノヨ。」

「死《し》んだ？　死《し》ぬって何よ？」

みかちゃんは、半分さけんでいました。

「シヌッテイウノハ、イママデ、ソンザイシテイタニクタイガ、ナクナルコト。ツマリ、コノヨカラ、スガタガ、キエテシマウッテコトヨ。ベリーハ、カラダヲヌギステテ、ソラニ、ノボッタ。デモ、チットモ、カナシガルヒツヨウハナイヨ。ベリーノタマシイハ、シッカリト、イキツヅケテイルカラネ。ソレニ…、イッショニ、セイカツヲシテイタトイウ『キオク』ハ、ココロノナカニ、エイエンニ、イキツヅケル。」

「記憶《きおく》なんて、どうだっていい！　わたしは、今すぐにベリーに会いたいの。」

みかちゃんは、大声でさけびました。こんな声が出るなんて自分でもおどろきでした。

「ソンナコト、カルガルシク、イウモノジャナイ。キオクヲ、ヒトコトデ、ヒョウゲンスルナラ、『ベリート、イッショニスゴシタ、ジカンヲ、ココロデオリアゲタ、オモイデノアルバム』コノウエナク、トウトイモノ。ミカチャンノココロニハ、イマデモ、ベリートスゴシタ、ワスレラレナイオモイデガ、センメイニ、キザマレテイルハズヨ？　ソノキオク、ホントウニ、ナクナッテモイイノ？」

「イヤ！」

みかちゃんは、首を左右にふりました。言っていることの筋《すじ》がとおらず、もはや、小さな子どもが、だだをこねているようでした。

「トコロデ、コンナカクゲンヲ、キイタコトハ、ナイカシラ…？　『ニクタイハホロンデモ、セイシンハイキツヅケル…』。」

「聞いたことはあるけど、よくわからない。わかりたくもないわ。」

みかちゃんは、くちびるをぎゅっとかんで言いました。

「ソレハ、ミカチャンノ、ワガママトイウモノ。ヨノナカニハ、オモイドオリニ、イカナイコトガ、ヤマホドアル。ソンナトキハ、ウンメイニ、サカラワズニ、タエルシカナイ。クルシミヤ、カナシミヲ、ウケイレラレタトキ、ベリーニアエル。コノヨニ、イキテイルイジョウ、『シ』ヲ、サケテトオルコトハ、デキナイ。カタチアルモノハ、イツカ、コワレ、イキテイルモノハ、イツカ、シヌ。コレハ、スベテノゲンリナノ。」

「すべての原理《げんり》?」

みかちゃんは、ビッグマンを見つめました。

「エエ、ウチュウノゲンリデアリ、コンポンテキナシンリヨ。ゲンリヤ、シンリハ、タシカナモノダカラ、サカラウト、タイヘンナコトニナル。ココロガ、ヤブレタリ、バクハツシタリスルワ。」

「心が破《やぶ》れる? 心が爆発《ばくはつ》? そんなことになったら、大変《たいへん》!」

みかちゃんは、目を丸《まる》くして言いました。

「『シ』ヲ、ウケトメルコトデ、ベリート、ココロデ、ハナセルヨウニナル。ニンゲンハミナ、テレパシーヲ、モッテイル。ソレニ、キヅイテナイ、ニンゲンタチガ、オオイミタイダケドネ。アナタタチ、ニンゲンハ、スゴイパワーヲ、モッタ、イキモノナンダ。タイテイノ、クルシミハ、ノリコエラレルヨウニ、デキテイル。カミサマハ、ソノタメニ、ワタシタチヲ、ヨウイシタ。」

「いいえ、ベリーの死《し》は乗り越《こ》えられない。そんな簡単《かんたん》なものじゃない。わたしたちは、大親友だったもの。」

頭では、しっかりと理解《りかい》できているのに、ベリーの死《し》だけは受け入れられない。どんなにわがままと言われようが、みかちゃんにとって、ベリーの死《し》はあってはならないことだったのです。

「ベリーハ、シアワセダッタト、オモウヨ。コンナニモ、ミカチャンニ、アイサレテ…。デモ、ベリーハ、イマ、キットナイテイル。」

「どうして？」

みかちゃんは、ベリーが泣《な》いているという言葉に反応《はんのう》してたずねました。

「ダイシンユウノ、キミガ、ゲンキヲ、ナクシテイルカラヨ…。コンナニモ、シンパイシテモラッテ、ドンナニ、ウレシイコトダロウ。デモ…、シンユウガ、チカラヲオトシテ、イキルキボウサエ、ウシナッテイルトシタラ、ベツダ。アナタノコトガ、シンパイデ、テンゴクニモイケズニ、コノヘンヲ、フワフワ、トビマワッテイルカモシレナイ。コノヨニ、ミレンガアルト、テンゴクニ、ハイレナイト、キイタコトガアル。ハイレナイママ、ナガイジカン、ウロウロシテイルト、ジゴクイキニ、ナルカモシレナイ…。」

ビッグマンは、かみさまから聞いた『天国と地獄《じごく》』についてのお話を、みかちゃんに話しました。

「そんなばかな…。地獄《じごく》なんて、絶対《ぜったい》にダメ！」

みかちゃんは、地獄《じごく》と聞いて手足をバタバタさせました。それだけ、こわい言葉だったのです。

「ミカチャン、モシモ、ホントウノ、ダイシンユウナラ、ベリーヲ、テンゴクニ、ツレテイッテアゲヨウヨ。」

「…。」

みかちゃんの口は、閉《と》じられたまま。沈黙《ちんもく》を守《まも》っています。何かをじっと考えているようでした。

　ビッグマンは、これを見逃《のが》しませんでした。

「コノママ、イツモノヨウニ、ソトヲナガメテ、ベリーヲマツ？　ソレトモ、ココロノナカニ、ベリーヲココロニウツシテ、イツデモ、テレパシーデ、ハナセルヨウニスル?」

ビッグマンは、静《しず》かにたずねました。

「…テレパシーで話せるようにするわ。ベリーを天国へ行かせてあげたいの。」

みかちゃんの瞳《ひとみ》が光りました。

「オッケー! ヨクゾ、ケツダンシタワ。ベリーモ、キット、ヨロコンデイルニ、チガイナイ。ウレシイツイデニ、イッチャウケレド、ジツハ、ショウタイヲアカスト、ワタシハ、ビッグマン。ミカチャンノサイノウナノ。」

ビッグマンは、明るく言いました。

「わたしの才能《さいのう》って?」

みかちゃんには、何が何だかさっぱりわかりません。

「ゴメンネ! マズ、ジコショウカイカラ、ハジメマショウ。ワタシハ、ビッグマン。イママデ、ジュウネンカン、アナタノココロニ、ネムッテイタ、『サイノウ』デス。キョウ、マジョサンニ、ヨバレテ、オキタラ、ニンゲンカイニ、タイムスリップ! イママサニ、アナタト、ハナシテイルッテワケデス。」

みかちゃんは、胸《むね》がどっきんどっきんしてきました。

「ワタシガ、ネムッテイタ。ツマリ…、ココデ、ジュウヨウナジジツハ、アナタノサイノウハ、イママデ、マッタクツカワレテナカッタトイウコトデス。」

「わたしの才能《さいのう》が、まったく使われてない?」

「サイノウトハ、『モノゴトヲナシトゲルタメノ、チエヤ、ノウリョク』ヲサシマス。ワタシノカラダニハ、ショウライ、アナタガ、ツカウハズノ、チエヤノウリョクガ、ムゲンニ、ツマッテイマス。イママデ、ソレガ、マッタク、ツカワレテイナカッタノデス。」

「才能《さいのう》？　わたしに、才能《さいのう》なんてあったの？」

みかちゃんは、きょとんとして言いました。

「モチロン！　コンナニ、キラキラト、カガヤイテイルジャナイ。ミカチャン、アナタニモコノカガヤキ、ミエルデショウ？　ワタシハ、イママデ、ドンナニ、ハタラキタカッタコトデショウ。イチドキメタラ、ゼンリョクヲ、ツクスカラネ。」

ゴールドのムシは手を腰《こし》にやり自信満々《まんまん》に言うと、ゴールドの光がますます強くなりました。みかちゃんはまぶしくて、目を細めました。

「わたしの才能《さいのう》！」

みかちゃんは、あふれる喜《よろこ》びを、どう表現《ひょうげん》していいのかわからずに、ポカンとしていました。

どれくらいうれしいかっていうと…。チューリップの花を１００本プレゼントしてもらうよりうれしくて、イチゴのバースディケーキをいただくようりうれしくて、一年間宿題《しゅくだい》なしと言われるよりも、だんぜん、うれしいのでした。

その時、ゴールドのムシが、右手をあげ、ちかいの言葉を述《の》べました。

「センセイ！　ワタシハ、ビッグマンセイシンニノットリ、セイセイドウドウト、タタカイヌクコトヲ、チカイマス！　ミカチャンガ、セイイッパイドリョクスルコトデ、モクヒョウヤユメハ、カナラズカナウデショウ！」

これを聞いたみかちゃんは、心がビリビリとしびれるのを感じました。

「ベリーが死《し》んでから、わたしの人生《じんせい》なんてもうどうでもいいって思ってた。いつもぼんやりして、何もやる気が出なかった。わたしったら、ベリーのせいにして、家にこもっていたけれど、本当は、自分に自信がなかっただけかもしれない。勉強はチンプンカンプンだし、スポーツは苦手《にがて》。お手伝《てつだ》いはめんどうくさい…。そういえば、いつも、現実《げんじつ》から逃《に》げてた。」

みかちゃんは、つぶやきました。

「ソッカ…。」

「考えてみたら、わたし、自分のやる気のなさを、全部《ぜんぶ》、ベリーにおしつけていたのかもしれない。『あなたがいなくなったから、何もしたくない。あなたのいなくなった人生《じんせい》なんて、もうどうでもいいって…。』ベリーったらわたしの甘《あま》えを、無言《むごん》でしょってくれた。文句《もんく》をひとつも言わずに…。ベリー、今まで本当にごめんね。おそいかもしれないけど、今から、夢《ゆめ》に向かって、がんばる！　わたしには、こんなにすばらしい才能《さいのう》があるんだもの。」

と言うと、みかちゃんは、目を閉《と》じ、心のベリーにテレパシーを送りました。その瞬間《しゅんかん》、ベリーの笑顔《えがお》が見えました。ベリーは、「ワンッ！」と大きくほえました。「わかったよ！」という、返事だったのかもしれません。

（できた！　ベリーと心で話せたわ。）

みかちゃんは、うれしくてたまりません。感動《かんどう》を一人《ひとり》じめ。体の中に幸《しあわ》せの気持ちがふくらんで、空をとんでいきそうな気がしました。

「ベリーにもちかったし、もう、やるしかない。わたしの才能《さいのう》は、今、まさに輝《かがや》いているんだもの。悲しんでなんかいられない。前を向いて生きていく。そういえば、こんな七文字の詩《し》があったっけ。『よわねをはくな。くよくよするな。なきごというな。うしろをむくな。』わたし、この精《せい》神《しん》でがんばる！　たとえ、失敗《しっぱい》しても、くじけないわ。どんなことがあっても起《お》きあがる！」

みかちゃんは、自分の体が、まるでサイダーのように思えました。エネルギーの粒《つぶ》がボコボコとわき上がって、元気を作り出しているような気分です。

（ミカチャンノ、ドコニ、コンナエネルギーガカクサレテイタノカシラ…？）

ビッグマンは、ふしぎでなりません。ひたすら、目の前のご主人さまを見つめていました。

「そうそう、七転《ななころ》び八起《やお》きのだるまさんの精神《せいしん》でいく。そうでなくちゃ、わたしのビッグマンがかわいそうすぎる。10年もの間、気づかずにいて、ごめんなさい。でも、今度のことがなかったら、わたしは、あなたを、一生《いっしょう》ねむらせてしまうところだった。」

と言うと、ビッグマンをまじまじと見つめました。わずか3センチのその中に、無限《むげん》のエネルギーがつまっている。そう思うと、

（人間《にんげん》て、なんてすばらしい生き物だろう！）

と思わずにいられませんでした。

次の瞬間《しゅんかん》、ビッグマンとみかちゃんは、瞳《ひとみ》を合わせ、しばし見つめ合っていました。みかちゃんへパワーが充電《じゅうでん》されていくようでした。


じつは、このように、人間《にんげん》たちが自分のビッグマンにちかうことで、『約束《やくそく》のパワー』が生まれました。見つめ合うことで、さらに、おたがいのパワーが充電《じゅうでん》され、何万倍《ばい》もの効果《こうか》を発揮《はっき》することができました。方程式《ほうていしき》でいうなら、1＋1＝10000ということになりましょうか。

ビッグマンは、夢《ゆめ》や目標《もくひょう》は、努力《どりょく》することで必《かなら》ずやかなうと、何度も繰《く》り返し言っています。

ところで、努力《どりょく》するって、一体どういうことでしょう？　具体的《ぐたいてき》には…？

ここで、努力《どりょく》の仕方《しかた》について、一度、整理《せいり》してみたいと思います。みなさんも、ぜひ、参考《さんこう》にしてみてください。

左記《さき》に掲《かか》げるのは、ビッグマンたちがすすめる夢《ゆめ》を実現《じつげん》するための『努力《どりょく》の仕方《しかた》』です。

★夢実現《ゆめじつげん》のための努力《どりょく》の仕方《しかた》

①チャレンジしたいこと、チェンジしたいことを見つける。
②心をコントロールしながら、不安《ふあん》を小さくする。
③頭で考えるより体で行《おこな》う。
④達成《たっせい》のために、まず、小さなステップをふむ。
⑤うまくいくと前向きになる。この気持ちをやる気につなげる。

どうですか？　項目《こうもく》を見ただけで理解《りかい》できますか？　せっかくですので、ここで、簡単《かんたん》に説明《せつめい》しましょう。

①これはもう、当然《とうぜん》のことです。チャレンジしたいことがなかったら、努力《どりょく》できません。大きな夢《ゆめ》を設定《せってい》してもよいし、実現可能《じつげんかのう》な小さな目標《もくひょう》でもよいと思います。

ここでは、チャレンジの他《ほか》に、自分の性格《せいかく》でチェンジしたいこと、たとえば、食べ過《す》ぎや、朝ねぼうのくせを直《なお》したいとか、おっちょこちょいや、がんこや、気の弱い性格《せいかく》をどうにかしたい等《など》…、自分の直《なお》したいところを目標《もくひょう》に設定《せってい》して、取り組むのもよいでしょう。

②苦手《にがて》な状態《じょうたい》を順番《じゅんばん》にクリアーして、不安《ふあん》を小さくしていくという方法《ほうほう》です。たとえば、電車

に乗ると息苦しくなる場合、乗ることをイメージする↓　駅《えき》まで行く↓　あいた車両《しゃりょう》に乗る↓　ひと駅《えき》だけ乗る↓　満員《まんいん》の電車に乗るなどの段階《だんかい》をふみます。

ここで大切なことは、脳《のう》は、コントロールできるという事実《じじつ》です。自分を信じて行《おこな》いましょう。

③人間《にんげん》の進化は、頭によって発見《はっけん》した事を、体を動かし実践《じっせん》してきたからこそ存在《そんざい》します。頭で考えてばかりでは、何も始まりません。まずは、行動にうつしてみましょう。

　行動を変《か》えず脳《のう》を変《か》えるのはむずかしいそうですが、行動が変《か》われば脳《のう》も変《か》わるそうです。

④小さなステップをふんでいけば、脳《のう》も少しずつその環境《かんきょう》に慣《な》れ、きたえられて、失敗《しっぱい》も少なくなります。

⑤小さな目標《もくひょう》を立てて、これをクリアーします。すると、その成功体験《せいこうたいけん》が快感《かいかん》となり、次のやる気へとつながっていきます。

※少しは、理解《りかい》できたでしょうか？　頭のかたすみにおいて、いざという時に活用《かつよう》してください。

　エッちゃんは、ペンライトの頭の部分をポンポンポンと3回おしました。すると、どうでしょう。あたりは、とつぜんるり色に染《そ》まりました。まるで、ギリシアに広がるエーゲ海のようです。エッちゃんは、光のシャワーを浴《あ》びせました。そして、

「ビッグマンよ、自分のすみかにもどりなさい！」

と言うと、ゴールドのムシは、パタパタと空をとびみかちゃんの体にもどりました。るり色の明かりが消えると、あたりは、とつぜん真《ま》っ暗《くら》になりました。

みかちゃんが、あわてて、電気をつけるとキラキラとした瞳《ひとみ》で言いました。

「魔女《まじょ》さん、わたし、夢《ゆめ》に向かってがんばる。」

「へぇ。どうして？　さっきまでは、おばあちゃんになっても、窓《まど》からベリーの帰りを待つって言っていたのに…。」

エッちゃんが、おどろいてたずねました。

「アハハッ！　さっきはさっき、今とはちがうの。ベリーが安心して天国へ行けるように、わたしがんばる！　これ以上《いじょう》、心配はかけたくないからさ。それからね、人間《にんげん》にはテレパシーがあって、心でお話ができるんだって…。ベリーはついさっき、わたしの心に入ったから、いつでも話せる。さびしくなんかないってわけ。魔女《まじょ》さんも、知らなかったでしょう？」

みかちゃんは、エッちゃんの顔をのぞきこむように言いました。

「テレパシー？　知らなかったわ。ところで、みかちゃんの夢《ゆめ》って何？」

「エヘヘッ！　クラリネット奏者《そうしゃ》。将来《しょうらい》、オーケストラに入って、演奏《えんそう》する。そのために、今から努力《どりょく》しなくちゃ。」

「すごいなあ。クラリネット奏者《そうしゃ》！」

シンちゃんが、首をクルクル回して言いました。

「ええ。努力《どりょく》すれば、絶対《ぜったい》になれるはずだって…。わたしの心にねむっていた才能《さいのう》がいったの。」

みかちゃんの瞳《ひとみ》に星が灯《とも》りました。

「みかちゃん、夢《ゆめ》を実現《じつげん》するためには、継続《けいぞく》も必要《ひつよう》だよ。１００パーセントの努力《どりょく》と、継続《けいぞく》のファイトさえあれば、こわいものはない。」

ジンがアドバイスすると、みかちゃんは瞳《ひとみ》に灯《とも》った星のボルテージを最大《さいだい》にして、

「まかしておいて！　わたしには、無限《むげん》の才能《さいのう》がある。」

と、言いました。心の底《そこ》から自信がわきあがってきます。みかちゃんは脱皮《だっぴ》して生まれ変《か》わったチョウチョウのようでした。


さて、次の日みかちゃんは、どうなったでしょう。いやいや、その晩《ばん》から、変化《へんか》が起《お》こりました。

「パパのクラリネット、使っていい？」

「もちろんさ。だけど、とつぜん、どうしたんだい？」

パパは読んでいた新聞紙をうっかりと床《ゆか》に落とし、みかちゃんの顔をのぞきこみました。

「クラリネットが、とってもふきたくなったの。ただ、それだけ。」

「ベリーがいなくなってから、一度もふかなかったのに…？　みか、何かあったのかい？」

パパは、みかちゃんのおでこに手をやりました。熱《ねつ》があるのかと思ったのです。

「あのね、パパ。ベリーは、わたしの心に住みついたの。会いたくなったら、テレパシーで話せる。だから、悲しくなくなったの。」

みかちゃんは、つい数時間前、ビッグマンと話したことを口にしました。

「そうか、みかの心にベリーが住みついたのか。それはよかった！　きっと、ベリーもよろこんでいるさ。いつでも、大好きなみかに会えるんだからね。」

パパは、目じりを下げて言いました。こんなに明るいみかちゃんを見るのは、ひさしぶりでした。

「パパ、あたし、クラリネット奏者《そうしゃ》になりたいの。だから、今日《きょう》から、一生懸命《いっしょうけんめい》に練習《れんしゅう》をする。前みたいに、教えてくださる？」

みかちゃんは、両手を合わせて言いました。

「もちろんさ。だけど、パパの特訓《とっくん》はきびしいぞ。ついてこれるかい?」

「まかせて! だって、わたしには、ビッグマンがついてる。」

みかちゃんがにこにこして言いました。

「ビッグマン?」

パパはふしぎそうに繰《く》り返します。

「ビッグマンはビッグマン。パパには関係《かんけい》ないの。」

「みか、パパに秘密《ひみつ》かい? なんだかさびしいな。」

パパが大げさに言うと、みかちゃんは、

「パパ、心配しないで! 少ししたら、きっと話す! 今はまだ話したくない。わたし一人《ひとり》の胸《むね》にしまっておきたいの。」

と言って、おへそのあたりを見つめました。

「わかったよ。みかが話してくれるのを待ってるさ。じつは、パパにも秘密《ひみつ》があってね。みかに話してなかったんだけど、オーケストラに入ってクラリネットをふくのが、子どものころの夢《ゆめ》だった。過去《かこ》に、一度だけオーディションを受けたことがあった。しかし、努力《どりょく》のかいもなく、一次試験《いちじしけん》で落ちてしまった。パパは、その時、自分には、もう才能《さいのう》がないってあきらめてしまったんだ。『あのとき、どうして一度だけで、あきらめてしまったんだろう。何度も挑戦《ちょうせん》すればよかった。』って、今でも後悔《こうかい》をしている。この年になっても、時々《ときどき》、大舞台《おおぶたい》で演奏《えんそう》している夢《ゆめ》を見る。」

パパは、遠い目をして、子どものころを語りました。

「そうだったんだ。知らなかったわ。」

「実現《じつげん》できなかったパパの夢《ゆめ》を、みかが実現《じつげん》してくれる。何てうれしいことだろう。」

その時、みかちゃんの頭にビッグマンの言葉が浮《う》かびました。『誰《だれ》の心にも才能《さいのう》はあって、努力《どりょく》すれば夢《ゆめ》は必《かなら》ずかなう。』というものです。

「パパ、夢《ゆめ》をあきらめないで！　今からでもおそくない。」

みかちゃんが、さけびました。パパは、びっくりしました。いつもため息をついていたみかちゃんに、一体、何が起《お》こったというのでしょう。

「そうだな…。みかのいうように、パパもみかといっしょに、クラリネットの勉強をしようかな？年はとっても、夢《ゆめ》をあきらめちゃあ、いけないよな。」

パパはつぶやきながら、体中にパワーがわき上がってくるのを感じました。

（ふしぎだな。この気持ちは何だろう？）

体の中にエネルギーがわき上がり、今や、あふれ出して止まらない感じです。

「よし、決めた！　パパもオーケストラのクラリネット奏者《そうしゃ》になる。みかに負けないぞ。」

と言うと、みかちゃんは、

「パパがライバルってことね。わたし、負けない。今はだめでも、絶対《ぜったい》にパパを抜《ぬ》いてみせる。」

「やる気だな。娘《むすめ》だからといって、力は抜《ぬ》かないぞ！」

二人《ふたり》は闘志《とうし》をむきだしにすると、急におかしくなってゲラゲラと笑《わら》い出しました。

　その笑《わら》い声を、台所で聞いていたママが、食事のしたくをしながら、

「二人《ふたり》とも、楽しそうね。何の話？」

と、たずねました。

「みかとパパの夢《ゆめ》を語ってたの。ママ、わたし、今日《きょう》から、また、クラリネットの練習《れんしゅう》を始める。」

「そう、よかったわ。ベリーも、きっと、応援《おうえん》してくれる。」

ママは、夕食のカレーをもりながら言いました。

「ママ、おどろかないでくれ。じつは、パパもみかといっしょに、クラリネットの練習《れんしゅう》を始めるつもりだ。やっぱり、小さいころからの夢《ゆめ》を実現《じつげん》したいんだ。心配はいらないさ。仕事は続《つづ》けるつもりだ。収入《しゅうにゅう》がないと、生活できないからね。そうだな…。練習《れんしゅう》は帰宅《きたく》してからにしよう。」

パパの言葉に、ママは、さらにびっくりしました。

とつぜん、ママは、若《わか》かったころ、夢《ゆめ》を追いかけていたパパの瞳《ひとみ》が好きで結婚《けっこん》したことを思い出していました。

じつは、この時、パパのビッグマンが、長いねむりから覚《さ》めたのでした。

10　あつし君とみさきちゃん

　発明品《はつめいひん》が届《とど》いて、３日目の朝がやってきました。空は、まだうす暗く、新聞配達《はいたつ》のお兄さんが、ようやく、配達《はいたつ》を始めようと自転車をこぎ出したところでした。

　空の上では、おしゃれなお日さまが、タンスを開けると、どのドレスを着ようかと迷《まよ》っていました。

（今日《きょう》はスプリング気分。世の中も春まっさかりね。えっと…、口べにを少し濃《こ》いめのサクラ色にして、ドレスは新芽《しんめ》に合わせて若葉色《わかばいろ》がいいかしら…？）

と言って、したくを始めました。

　さて、ここはエッちゃんの家です。

「みかちゃんとパパ、どうなるかなあ。」

エッちゃんが、コーヒーを入れながら言いました。

　エッちゃんはコーヒーに目がありません。どんなに忙《いそが》しい朝も、豆をひいてコーヒーを入れました。教師《きょうし》にならなかったら、喫茶店《きっさてん》をやるのも楽しいだろうなあと思っていたくらいです。

　コーヒーにお似合《にあ》いは、クラシック。お好《この》みのグリークの曲『朝』をかけると、すがすがしさがいっそうまして、澄《す》んだ心持ちになるのでした。エッちゃんは、

「朝は一日の始まり。だからこそ、金色の時間を過《す》ごしたい！」

と言って、どんな朝も、コーヒーとクラシックだけは欠《か》かしませんでした。

　こうばしい香《かお》りがただようと、部屋《へや》は、あっという間にクラシック喫茶《きっさ》になりました。

「みかちゃんとパパ、将来《しょうらい》は二人《ふたり》そろって、クラリネット奏者《そうしゃ》になってるといいな。」

ジンは、じまんのつめをていねいにとぎながら言いました。

「わたしは、みかちゃんを信じています。ビッグマンは一度目を覚《さ》ましたら、全力《ぜんりょく》で仕事をするはずです。みかちゃんだって、あの調子《ちょうし》なら、力を抜《ぬ》かないでしょう。何よりも、強力な指導者《しどうしゃ》、けんライバルがいます。きっと、パパと二人三脚《ににんさんきゃく》で、すばらしいクラリネット奏者《そうしゃ》になりますよ。」

と言うと、シンちゃんは、いつものように、たばこに火をつけ、いつものように、少しむせました。

エッちゃんが、

「信じるって、この上なく気高《けだか》いこと！　みんなで、二人《ふたり》を信じれば、絶対《ぜったい》に夢《ゆめ》はかなう！　話は変《か》わるけど…、シンちゃん、たばこのすいすぎに、気をつけてね。」

と言うと、シンちゃんは、

「前にも言いましたが、本当は、減《へ》らしたいと思っています。しかし…。」

と、ポツリと言いました。

「あたし、減《へ》らせるって信じてる！　さて、今日《きょう》はどこへ行こう？」

エッちゃんがカーテンを開けると、イチゴ色したお日さまが、おでこを輝《かがや》かせてのぼり始めました。

「なんだか、イチゴミルクのホットケーキみたい。おいしそう！」

エッちゃんがはしゃいで言うと、ジンは、

「食いしんぼうだなあ。朝からこれじゃ、先が思いやられるってものさ。」

と、小さくつぶやきました。あいぼうに聞かれたら大変《たいへん》です。ところが、地獄《じごく》耳のエッちゃんが、

「ジン、何か言った？」

とふり向いたので、ジンは大あわて。とっさに、

「あんたは、他《ほか》の誰《だれ》よりも、上品《じょうひん》で、頭がよくて、気だてのいい、それはすばらしい魔女《まじょ》だって言ったのさ。」

と、答《こた》えました。

「りょうかい！　とってもうれしい！　なんて、じょうだんよ。だって、ジンが、そんなこと言うはずがない。うそだって、ばらしているようなものよ。」

ジンは、寿命《じゅみょう》がちぢまる思いがしました。

シンちゃんは、二人《ふたり》のやりとりを見て、

「うらやましいことですなあ。けんかは元気のある証拠《しょうこ》です。」

と、言いました。いつものはりがなく、しおれている感じです。

　シンちゃんは、昨晩《さくばん》も、結局《けっきょく》ねむれず、冒険《ぼうけん》の前日と合わせると、連続《れんぞく》三日間、ねむってない計算になります。時間にすると、72時間起《お》きっぱなし。なるほど、元気が出ないわけです。

「シンちゃん、今日《きょう》一日、家で休んだ方がいい！」

エッちゃんが言いました。

「とんでもない。少しくらいねなくたって平気《へいき》です。ぜひ、冒険《ぼうけん》させてください。一人《ひとり》で留守番《るすばん》をしていたら、もっと重い病気にかかってしまいます。」

「少しといっても、72時間よ。こんなに長い経験《けいけん》はあるの？」

「いや、ありませんが…。経験《けいけん》なんて、くだらない事実《じじつ》です。今、わたしにとって大切なことは、今日《きょう》一日、起《お》きていられるか？　ということで、まったく問題《もんだい》はありません。」

シンちゃんは、行きたい気持ちを100パーセント伝《つた》えました。

「わかったわ。いっしょに冒険《ぼうけん》に行こう。だけど、シンちゃんも、そうとうがんこ者《もの》ね。」

「それほどでも…。以前《いぜん》、誰《だれ》かからも、言われたことがありましたが、忘《わす》れてしまいました。」

シンちゃんは、トンカラ山の故郷《ふるさと》を思い出していました。

「でも、考えてみたら、あたしたちって似《に》てるかも…。一度、言い出したら、何があってもおれないところなんて、そっくり！」

エッちゃんが目を丸《まる》くして言うと、シンちゃんは、

「光栄《こうえい》です。」

と言って、笑《わら》いました。

「似《に》たもの同士《どうし》のお二人《ふたり》さん！　ところで、今日《きょう》の行き先はどうしよう？」

ジンが、真顔でたずねると、エッちゃんが、

「そうだった！　それ。行き先よ。」

と、思い出したようにさけびました。

「今日《きょう》は、空からながめてみませんか？　春休みで、しかも、この陽気《ようき》。子どもたちは、まちがいなく、外に出るでしょう。お天気なのに家にこもっている子どもはもちろん、困《こま》っていたり、悩《なや》んでいたりしているのでしょう。そんなため息をついていたりする子どもが、発見《はっけん》できるかもしれません。」

シンちゃんは、いつも空からながめているので、ひとつ提案《ていあん》をしてみたのです。

「いい考えね。」

「オーケー！」

二人《ふたり》は、すぐに賛成《さんせい》しました。


「3日目の冒険《ぼうけん》にしゅっぱーつ！」

エッちゃんがさけびます。

「みんな、おばばにしっかりつかまるんじゃ！　今日《きょう》はスピード日和《びより》。年はとっても、そこらへんのジェットコースターには、負けんからな。いいかい？」

ほうきのばあさんはいせいよくさけぶと、三人の返事を待たずず、浮《う》かび上がると、急発進しました。

「おばば、待って、こわいよ。ヒェー！」

「ニャ、ナユ、ナャニャーゴー！」

「ホーホーハヒフヘホーホー！」

一人《ひとり》と二匹《いっぴき》と一羽のさけび声が、青い空にひびきわたると、空でパトロールをしていたカラスの警察官《けいさつかん》が、口をとんがらせ、カーカー鳴《な》いて追いかけてきました。

「カーカー！　そこのほうき、止まりなさい。逃《に》げると、さらに、ばつが大きくなります。カーカー！」

ほうきのばあさんは、びっくりして急にスピードを落としました。

そのいきおいで、エッちゃんとジンとシンちゃんは、空に投《な》げ出されました。どんどん落ちて、地面に激突《げきとつ》！　と、思いきや、とつぜん、大風がふいて、危機一髪《ききいっぱつ》！　季節《きせつ》はずれのこいのぼりの口の中に、ほうりこまれました。

カラスの警察官《けいさつかん》は、ほうきのばあさんに警察証《けいさつしょう》を見せると、きびしい顔をして、

「違反《いはん》ふたつ、ばっ金をお願《ねが》いします。」

と言って、手を出しました。

「違反《いはん》ふたつ？　残念《ざんねん》じゃが、わしには意味がわからない。」

ほうきのばあさんが、ぷいとした表情《ひょうじょう》で言うと、カラスの警察官《けいさつかん》が、

「スピード違反《いはん》と、大声の出し過《す》ぎのふたつです。空の上は、最大《さいだい》時速が３００キロと決まっております。ところが、あなたの運転するほうきは、おそらく二倍《ばい》の６００キロはゆうに出ていました。その上、キャーという黄色い声。空の上では、つねに、安全で静《しず》かな町づくりをめざしております。それをみだしたあなたに、ばっ金をお願《ねが》いします。」

と、凜《りん》として言いました。

「失礼《しつれい》じゃが、君は今、おそらく６００キロといった。その数字は、明確《めいかく》な数字ではないじゃろう？

もしかしたら、目の感覚《かんかく》だけで、本当は３００キロだったかもしれない。わしが、６００キロ出したという証拠《しょうこ》はあるのかい？　それに、さっきから、黄色い声と連発《れんぱつ》しているが、どのくらいで黄色と認定《にんてい》されるのじゃ？　もし、声に色があるのだとしたら、その区別を教えてもらいたい。わしには、警察官《けいさつかん》である君の声の方が、よっぽど耳ざわりに聞こえた。それに、もうひとつ、安全な町といいながら、わしのあいぼう３人は君の声で、この空のどこかに投《な》げ出されてしまった。３人の命《いのち》の保証《ほしょう》は、どうしてくれる？　わしには、今、３人の命《いのち》が心配でたまらない。君は、スピード違反《いはん》や黄色い声と、３人の命《いのち》をくらべて、どれが一番大切だと思うのかい？　わしには、君の言っていることが、まったくわからない。」

ほうきのばあさんは、こうふんして言いました。カラスの警察官《けいさつかん》は、

「命《いのち》は、もちろん大切ですが、あなたが、空の上で違反《いはん》をおかしたことに、かわりがありません。ばっ金をお願《ねが》いします。」

「わしは、がっかりじゃ。そんなことより、今、一番大切なのは、３人の捜索《そうさく》と救出《きゅうしゅつ》じゃろう？　ばっ金なんて、いつだっていい話じゃ。それがわからない君に、警察官《けいさつかん》は勤《つと》まらない。やめた方がいいと思うよ。わしは、君とは話す気がしなくなった。３人をさがしに行く。」

と言うと、ほうきのばあさんは、空をとびました。カラスの警察官《けいさつかん》は、あわてて、

「ばっ金をお願《ねが》いします。」

と言うと、ほうきのばあさんを追いかけました。

　ところで、空の上のばっ金とは、一体、何だったのでしょう？

　取り調べを受けている間、エッちゃんとジンとシンちゃんは、こいのぼりの中で泳いでいました。手を広げると、あらふしぎ。プカリプカリ、浮《う》いていることができたのです。どうやら、

こいのぼりの体の中には、無重力空間が広がっていたようです。

シンちゃんが、こいのぼりの中で、ホーホー鳴《な》いて、助けを呼《よ》びましたが、誰《だれ》も気づいてはくれません。その時、はっとして、たばこに火をつけました。

「空の上でたばこ？　こんな緊急事態《きんきゅうじたい》に、一体何を考えているの？」

なんて、おこらないでくださいね。こいのぼりの口から、けむりが出ているのを発見《はっけん》すると、ほうきのばあさんは、

「あのけむりは、もしかして…？」

と、息をきらしてやってきたのです。

「おお、やっぱりそうか！」

3人は次々《つぎつぎ》と、こいのぼりから顔を出すと、ほうきにとび乗りました。そこへ、カラスの警察《けいさつ》官《かん》が追いついて、

「ばっ金をお願《ねが》いします。」

と言いました。エッちゃんがチンプンカンプンの顔で、

「作りたてのメロンパン。これは、ばっ金になりますか？」

と言って渡《わた》すと、カラスの警察官《けいさつかん》は、

「もちろんです！」

と答《こた》え、どこかへとんでいきました。

「げんきんなやつ！　あんなのが警察官《けいさつかん》になっているから、空の平和が保《たも》たれんのじゃ！」

ほうきのばあさんが、舌《した》を鳴《な》らして言いました。

「さてと、どこへ行こう？」

ジンが首をひねります。

「おばば、あたしたち、空からゆーっくりとながめたいから、スピードはあんまり出さないでね。」

エッちゃんが忠告《ちゅうこく》します。

「りょうかい！　さっきのカラスの顔は、二度と見たくないからね。」

ほうきのばあさんが、疲《つか》れた顔で言いました。

「あの子はどうでしょう？」

シンちゃんが、下界《げかい》を指差《ゆびさ》して言いました。

指差《ゆびさ》した先には、一人《ひとり》の男の子がため息をつき、公園のベンチにすわっていました。

「何か悩《なや》んでいるみたいだな。」

「いいわよ！　おばば、あの公園へお願《ねが》い！」

「オーライ！　ライ！　ライ！　ライ！」

ほうきのばあさんが、笑顔《えがお》で言いました。さっきまでのイライラは、すっかりおさまっていました。

「こんにちは！」

エッちゃんが声をかけると、男の子はびくっとして、顔を上げました。

「あっ、魔女《まじょ》先生！」

「なんだ、あつし君！」

エッちゃんが、おどろいて声を上げました。

　なぜかっていうと、あつし君は、３月まで担任《たんにん》をしていたクラスの子だったのです。空の上からは、あまりに小さすぎて、気づかなかったというわけです。この様子《ようす》を見て、シンちゃんが、

「もしかして、知り合いだった？」

とたずねると、あつし君は目を白黒させて、

「あっ、フクロウさんがしゃべった！」

と、こうふんして言いました。

「わたしの言葉は、子どもたちと、それから…、永遠《えいえん》に子どもの心を持つ大人《おとな》には伝《つた》わるようです。」

シンちゃんが静《しず》かに言うと、あつし君はにこにこして、

「あっ、そうか！　ぼく、子どもだからつうじるんだ。大人《おとな》になっても、フクロウさんとお話したいから、心は、ずっと子どものままでいよう！」

と、言いました。シンちゃんは、子どもや素直《すなお》な大人《おとな》が大好きでした。とつぜん、心のかだんの花が咲《さ》きほこって、幸《しあわ》せ気分は最高《さいこう》になりました。

「あつし君、ありがとう。」

と言った瞬間《しゅんかん》、シンちゃんの羽が七色に輝《かがや》きました。これを見たジンははっとしました。

（まさか！　『まぼろしの羽伝説《でんせつ》』のフクロウはシンちゃん…？　あの本にあった言い伝《つた》えによると、『広い宇宙《うちゅう》に一羽だけ存在《そんざい》するという、虹色《にじいろ》の羽を持つフクロウは、かみさまの御心《みこころ》を授《さず》かり、人として生まれ変わる』と書いてあった。）

大昔《おおむかし》から、フクロウには、まぼろしの羽伝説《でんせつ》がありました。もちろん、シンちゃんも、トンカラ山にいたころ、何度か、この話を聞いたことがあります。でも、羽が七色のフクロウなんて存《そん》在《ざい》するはずがありません。ただのつくりごとだと思って、聞いていました。まさか、自分の羽が、虹色《にじいろ》に輝《かがや》いていたなんて、想像《そうぞう》もしなかったでしょう。

さて、これから、シンちゃんの運命《うんめい》はいかに…?


ジンのこうふんを知る人はいません。その時、あつし君が、

「どういたしまして…。だって、本当のことだもん。さっきの質問《しつもん》だけど、魔女《まじょ》先生は、ぼくたちの担任《たんにん》の先生さ。おっちょこちょいで、失敗《しっぱい》ばかりしてる。」

と、言いました。

「あのね、あつし君、魔女《まじょ》先生をほめるところはないの?」

エッちゃんがじょうだんぽくたずねると、あつし君は、

「そうだなあ。えっと…、困《こま》った時は、相談《そうだん》に乗ってくれる。」

と、答《こた》えました。

「サンキュー!　あつしくん!」

エッちゃんは、にこにこして言いました。そばで聞いていたジンは、

「子どもに、無理《むり》させちゃあだめだよ。」

と、つぶやきました。

「でも、魔女《まじょ》先生は、どうしてここに?」

あつし君の瞳《ひとみ》が光ります。

「あつし君が、しょんぼりしているように見えたからよ。」

「ぼくのために?」

あつし君は、信じられないといった表情《ひょうじょう》をしました。

「そうよ。どうしたのかなあと思って。」

エッちゃんは心配そうに言うと、あつし君は額《ひたい》にシワを寄《よ》せて、

「ぼく、悩《なや》みがあるんだ。魔女《まじょ》先生聞いてくれる?」

と、言いました。

「もちろん! そのために来たの。」

エッちゃんは、大きく首をふりました。

「ぼく、みさきと双子《ふたご》でしょ。」

「ええ、あつし君とみさきちゃん。いつも仲良《なかよ》しでいいわね。同じ年の兄弟なんて、なかなかいないものよ。うらやましいわ。」

「それが、いやなんだ。」

あつし君が、強い語調《ごちょう》で言いました。

「どうして?」

「双子《ふたご》だから、何でもくらべられちゃうんだ。みさきは、頭がよくてスポーツもできて、ぼくより何でも器用《きよう》にこなす。みさきのテストはほとんど満点《まんてん》だけど、ぼくは、がんばっても半分くらいしかとれない。陸上部《りくじょうぶ》では同じ長距離《ちょうきょり》をやってるけれど、大会ではみさきの方が何倍《なんばい》もいい。校内の持久走《じきゅうそう》大会では女子の部ではいつも1位だし、県の大会でも優秀《ゆうしゅう》な成績《せいせき》をおさめて、メダルやトロフィーをかっさらってくる。ぼくは、ひとつも取れないのに…。ぼくには何の才能《さいのう》もないんだ。」

あつし君は、しょんぼりして言いました。

「何を言ってるの! あつし君のいいところ、たくさんあるわよ。本をたくさん読んで、詩《し》や作文の心情表現《しんじょうひょうげん》が豊《ゆた》かにできるし、掃除《そうじ》だっていつも一生懸命《いっしょうけんめい》にやるし、誰《だれ》に対しても公平にや

さしい。その証拠《しょうこ》に、男子からも女子からも人気があるわ。どう？　あつし君て、とってもすてきな子でしょう？」

エッちゃんは、あつし君のいいところをたくさんならべました。他《ほか》にも、言いつくせないほどありましたけどね。あつし君は、とっても魅力的《みりょくてき》な子でした。でも、残念《ざんねん》ながら、自分で気づいていなかったのです。

「そんなこと、誰《だれ》だってできる。そうじゃなくて、ぼくは、何かの1位をとって、みさきみたいに、特別《とくべつ》な存在《そんざい》になりたいんだ。」

あつし君は、なかなか納得《なっとく》しません。

「どうして？」

「だって、父さんも母さんも、何でもできるみさきのことを、手をたたいてほめるんだ。ぼくのことなんて、きっとどうでもいいと思ってる。」

と言うと、あつし君の首はうなだれました。

「思ってやしませんよ。お父さんもお母さんも、そんなこと、言われないでしょう？」

エッちゃんがたずねました。

「言わなくたって、ぼくにはわかるんだ。魔女《まじょ》先生！　ぼくみたいなできそこない。どうして、生まれてきたんだろう？　生まれてこなければよかったんだ。」

あつし君は、泣《な》きそうな声で言いました。

「そんなことない。お父さんもお母さんも、あつし君のこと、とっても大事に思ってる。家庭訪《ほう》問《もん》の時、そう話されていたわ。」

「ちがうもん。」

あつし君は、今、何を言われても信じられません。

「アハハッ、あつし君はがんこね。あたしみたい…。ところで、さっき、才能《さいのう》がないって言ってたけれど、ほんとかな?」

エッちゃんが、笑《わら》いながらたずねました。

「才能《さいのう》がないから、こんなに悩《なや》んでる。魔女《まじょ》先生、ふざけないで!」

あつし君は、少しだけおこって言いました。

「よし、わかった! 今から確《たし》かめてみよう! 今から、あつし君の心、出すからね。」

「心を出す? そんなことできるの?」

あつし君は、おどろいて言いました。

「できるわ。だって、あたし魔女《まじょ》だもの。さあ、あつし君、準備《じゅんび》はいい?」

エッちゃんが、バッグからシルバーのペンライトを取り出して言いました。

「いいよ。」

あつし君はいつものじょうだんだと思って、軽《かる》く返事をしました。

「ここじゃ、心なんて出せない。だって天下の公園よ。みんなが見てる。ねっ、あの小屋へ入ろう! 確《たし》か、遊具置《お》き場だったよね。」

「いいよ!」

あつし君とエッちゃんが小屋に向かうと、もちろん、ジンとシンちゃんもついてきました。

　エッちゃんは、ペンライトを1回おすと、あつし君の体にムシがあらわれました。続《つづ》いてポンポンと2回おして、

「ビッグマンよ、でておいで！」

と言うと、ゴールドに光るムシが、あつし君の体からとび出してきました。ムシはパタパタと空をまい、あつし君の手のひらに乗りました。

「ほら、これがあつし君の心よ。」

エッちゃんが言いました。

　心を出すなんて、じょうだんだとばかり思っていたあつし君は、まるで夢《ゆめ》をみているような気分になりました。

「えっ！　君はぼくの心？」

あつし君は、どっきんどっきんしながらたずねました。

「ソウデス。ボクハ、イマ、ツヨイヒカリニミチビカレテ、アナタノカラダカラトビダシテキマシタ。アナタガ、ワタシノゴシュジンサマデス。」

ゴールドのムシは機械音《きかいおん》で話すと、その声を合図《あいず》に、シンちゃんは羽を広げとびたちました。

　小屋の中を3周《しゅう》すると、あつし君の左かたにとまり、ゴールドのムシにたずねました。

「君は働《はたら》いている？」

「イイエ、ゴシュジンサマガ、ゴジブンノサイノウニキヅイテクレズ、マイニチネムッテバカリイマス。ウマレテカラ、キョウマデ、ハタライタコトガアリマセン。」

ゴールドのムシは、悲しそうに言いました。

シンちゃんは、

「やっぱり、君も同じか。」

とつぶやくと、ゴールドのムシを見つめました。

もちろん、シンちゃんと、ビッグマンは、テレパシーで会話していました。

「ビッグマン、しっかりと聞いてほしい！　今から、ご主人さまと話し合いの時間を取ります。二人《ふたり》で、なっとくのいくまで、とことん話し合ってもらいます。君は、あつし君の心に住むビッグマン。つまり、才能《さいのう》です。ビッグマンは、すぐに目覚《めざ》めて働《はたら》きたいと思っていること、もし目覚《めざ》めたら全力《ぜんりょく》をつくすということ、努力《どりょく》すれば夢《ゆめ》は必《かなら》ずやかなうということ、この3点を、正《せい》確《かく》に伝《つた》えてください。今、ご主人さまは、君の存在《そんざい》をまったく知りません。双子《ふたご》の姉《あね》のみさきちゃんは何でもできるのに、自分にはまったく才能《さいのう》がないと、大きなかんちがいをしてしまっています。両親にもほめてもらえず、自分なんて生まれてこなければよかったという心境《しんきょう》におちいっています。ここで、あなたの存在《そんざい》を知らせることで、自信となり、夢《ゆめ》に向かって努力《どりょく》するようになるでしょう。それでは、せいこうを祈《いの》る！」

と言うと、シンちゃんは羽を広げ、あつし君のかたからとびたちました。

「マカセテクダサイ！　ヤクソクハ、マモリマス。」

ゴールドのムシは、自信たっぷりに言いました。

シンちゃんは、ビッグマンのつぶやきを聞くと、安心してエッちゃんのかたにとまりました。

11　双子《ふたご》のシーソー

あつし君とビッグマンの会話が始まりました。

「アツシクン、キミノ、カナシミノ、ゲンインハ、ナニカナア。」

「双子《ふたご》のみさきは何でもできるのに、ぼくは何もできないってことさ。」

あつし君は、少し口をとんがらせて言いました。

「何もできない？」

ビッグマンが、繰《く》り返してたずねます。

「サッキ、キイテイタケレド、タンニンノ、マジョセンセイハ、キミニハ、ステキナトコロガ、タクサンアルッテ、イッテタジャナイカ。シャサクブンノ、シンジョウヒョウゲンガ、ユタカニデキル。ソウジハ、イツモ、イッショウケンメイニオコナウ。ソレニ、ダレニデモ、ヤサシクテ、ミンナノ、ニンキモノダッテ…。」

「そんなのは、やろうと思えば誰《だれ》にでもできること。ぼくがほしいのは、ちがう。ナンバーワンなんだ。努力《どりょく》したら誰《だれ》でもできることじゃなくて、トップの座《ざ》。ぼくは、特別《とくべつ》な存在《そんざい》になりたいんだ。」

あつし君は、さけぶように言いました。

「ドウシテ、ソンナニ、イチバンニ、コダワルンダイ？」

「そりゃあ、もちろん、姉《あね》のみさきが1位《い》をたくさんとってくるからさ。」

あつし君にとって、一番気になるのは、姉《あね》の存在《そんざい》でした。

「イイジャナイカ。ミサキサンニハ、ミサキサンノ、イキカタガアルヨウニ、キミニハ、キミノイキカタガ、アル。ナニモ、イチイニ、コダワルヒツヨウハ、ナイジャナイカ。アツシクン、キミハ、イマノママデ、ジュウブン、ステキサ。タイセツナコトハ、ヒトリヒトリノカガヤキ。ヒト、ソレゾレ、サカセルハナハ、チガウンダヨ。ミンナチガッテ、ミンナイイ！　クラベルヒツヨウナンテ、ナインダヨ。」

ビッグマンは、力をこめて言いました。

「でも…。」

あつしくんは、言葉をにごしました。

「デモ、ナンダイ？　ツヅキガキキタイ。」

ビッグマンは、ここがかんじんだと思い、さらにたずねました。

「みさきが1位《い》をとると、両親はみさきをほめるだろう？　だから…。」

あつし君は、また、言葉をにごしました。

「ゴリョウシンハ、キミト、オネエサンヲ、クラベルノカイ？　イチイヲトル、オネエサンハ、スバラシクテ、キミハ、イチイヲトラナイカラ、デキソコナイトカ…。」

ビッグマンは、わざときたない言葉を使って言いました。あつし君に、ご両親の愛《あい》を悟《さと》らせたかったからです。

「いや、くらべることはしないさ。でも、1位《い》をとった時には、みさきを特別《とくべつ》にほめるだろう。その時の表情《ひょうじょう》が、とっても輝《かがや》いてうれしそうなんだ。その顔を見れば、誰《だれ》だってわかる。みさきが、どんなに両親に愛《あい》されているか…。別に、くらべているわけじゃない。だけど、勝手《かって》にぼくの心が、そう感じてしまうんだ。」

あつし君は、今まで、誰《だれ》にも言えなかった心のうちを明かしました。

（ふしぎだなあ。何でも話せちゃう！）

「ヒトコトデイッテ、カンガエスギダネ。ゴリョウシンハ、キミタチキョウダイヲ、ビョウドウニ、アイシテオラレルサ。デモ、キミノ、ココロガ、ユガンデイルノデ、タダシクウツラナイ。」

「心がゆがんでいるって…。」

と言うなり、あつし君は顔をゆがめました。

「ソウサ、ハッキリイオウ！　アツシクン、イマノ、キミノココロハ、オオキクユガンデイル。ミサキサンヲ、ウラヤマシイト、オモウキモチガ、シットシントナッテ、ココロニ、カビミタイニ、ハンショクシテイル。シットシンヲステテ、ゴカゾクヲ、マッスグ、ミテゴラン？　ゴリョウシソンハ、キミノコトモ、ミサキサンノコトモ、ビョウドウニ、アイシテオラレルコトニ、キヅクダロウ。ミサキサンダッテ、キミノコトヲ、ダレヨリモ、タイセツニ、オモッテイル。モシカシタラ、ミサキサンモ、キミノコトヲ、ウラヤマシイト、オモッテイルカモシレナイヨ。クチニスルカ、シナイカノチガイダ。シットシンナンテ、ダレニモアルモノノサ。」

ビッグマンは、あつし君のために、正しいと判断《はんだん》したことを、はっきりと言いました。

「ぼくの中で、みさきをうらやましいと思う気持ち。それは、山ほどあるよ。だって、ぼくたちは双子《ふたご》だろう？　生まれた時から、母さんのミルクをとりあった仲《なか》だからね。言ってみれば、生まれた瞬間《しゅんかん》から、ライバルだったのかもしれない。いや、そんなつもりは、さらさらなかったんだけど…。無意識《むいしき》の中で、いつのまにか、競争《きょうそう》をしていたにちがいない。あーあ、しっと心か…。言われてみれば、ズバリかもしれないなあ。これから、心のかびをとって生活してみるよ。しかし、みさきが、ぼくにしっと心？　そんなことあるのかなあ？　そういえば、考えたことなかったよ。」

あつし君は、考えるうちに、いろいろなことが見えてきました。

「アッシクン、キミハ、ナカナカ、マエムキデイイ。ソノイキダ！　ゴホウビニ、ヒトツ、イイコトヲ、オシエヨウ！　モシモ、ココロノナカニ、ウラヤマシイト、オモウキモチガ、アラワレタラ、『フミツブシサクセン』ヲスルトイイ！」

ビッグマンは、おもしろい言葉を提案《ていあん》しました。

「ふみつぶし作戦《さくせん》？」

あつし君の顔は、ニガムシをつぶしたような顔になりました。

「ミミミナレナイ、コトバダロウ？　ソレハネ、イメージノ、ワルイコトバガ、ココロノナカニ、ウマレタラ、オオキクナラナイウチニ、ツブシテシマウ、トイウイミナンダ。コトバニハ、『ジコアンジリョク』トイウ、チカラガアル。ポジティブナ、コトバハ、ヒトヲ、マエムキニスルケレド、ネガティブナ、コトバハ、ヒトヲ、ウシロムキニスル。」

「よく、わかったよ。みさきをうらやましいと思う気持ちを、きっぱりと捨《す》てる。ぼくにはぼくの生き方がある。」

あつし君は、力強く言いました。その瞬間《しゅんかん》、心の中のもやがとれ、心が晴れ上がっていくのを感じました。


「トコロデ、マダ、キミハ、イチイヲ、トリタイ？　ソレトモ、ジブンラシサヲモトメテ、ココロノナカノ、カダンニ、セカイデヒトツノハナヲ、サカセタイ？」

ビッグマンは、あつし君の目をじっと見つめながらたずねました。

「自分らしさを求めて、心の中の花だんに、世界でひとつの花を咲《さ》かせたい。」

あつし君は、きっぱりと言いました。

「ヨカッタ！　リカイシテクレテ！　サスガ、ボクノ、ゴシュジンサマダ！　ショウタイヲアカスト、ボクハ、ビッグマン。アッシクンノ、サイノウナンダ。」

ビッグマンは、明るく言いました。

「えっ、ぼくの才能《さいのう》って？」

あつし君には、何が何だかさっぱりわかりません。

「ゴメン！　マズ、ジコショウカイカラ、ハジメヨウ。ボクハ、ビッグマン。イママデ、ジュウイチネンカン、キミノココロニ、ネムッテイタ、『サイノウ』デス。キョウ、マジョサンニ、ヨバレテ、オキタラ、ニンゲンカイニ、タイムスリップ！　イママサニ、キミト、ハナシテイルッテワケデス。」

あつし君は、胸《むね》が高鳴《たかな》ってきました。

「ボクガ、ネムッテイタ。ツマリ…、ココデ、ジュウヨウナジジツハ、キミノサイノウハ、イママデ、マッタクツカワレテナカッタトイウコトデス。」

「ぼくの才能《さいのう》が、まったく使われてない？」

「ボクノカラダニハ、ショウライ、キミガツカウハズノ、チエヤノウリョクガ、ムゲンニ、ツマッテイマス。イママデ、ソレガ、マッタク、ツカワレテイナカッタノデス。」

「えっ、ぼくに才能《さいのう》？　才能《さいのう》なんてあったの？」

あつし君は、きょとんとして言いました。

「モチロン！　コンナニ、キラキラト、カガヤイテイルジャナイカ。アツシクン、キミニモコノカガヤキガ、ミエルダロウ？　ボクハ、イママデ、ドンナニ、ハタラキタカッタコトダロウ。イチドキメタラ、ゼンリョクヲ、ツクスカラネ。」

ゴールドのムシは、自信満々《まんまん》に言うと、光がますます強くなりました。あつし君はまぶしくて、目を細めました。

「すごい、ぼくの才能《さいのう》！」

あつし君には、ビッグマンが尊《とうと》いかみさまに見えました。

その時、ゴールドのムシが、右手をあげ、ちかいの言葉を述《の》べました。

「センセイ！　ボクハ、ビッグマンセイシンニノットリ、セイセイドウドウト、タタカイヌクコトヲ、チカイマス！　アツシクンガ、セイイッパイ、ドリョクスルコトデ、モクヒョウヤユメハ、カナラズ、カナウデショウ！」

これを聞いたあつし君は、今、もしも、長距離《ちょうきょり》の大会があったら、どんな選手《せんしゅ》も追い抜《ぬ》いて、ゴールテープをきりそうな予感《よかん》がしてきました。

「ビッグマン！　ぼく、どんな困難《こんなん》があっても、せいいっぱい努力《どりょく》することをちかう。君がいるから、どんなことがあっても、絶対《ぜったい》にくじけない。」

あつし君は、ゴールドのムシにちかいの言葉を述《の》べました。

次の瞬間《しゅんかん》、ビッグマンとあつし君は瞳《ひとみ》を合わせ、しばし見つめ合っていました。あつし君へ、パワーが充電《じゅうでん》されていくようでした。


エッちゃんが、ペンライトの頭の部分をポンポンポンと3回おすと、ゴールドのムシは、パタパタと空をとびあつし君の体にもどりました。

「魔女《まじょ》先生、ぼくの心に才能《さいのう》がいたよ！　一番星みたいに、きらきらと輝《かがや》いていた。ぼく、夢《ゆめ》に向かってがんばる。心の中の花だんを世界でひとつの花で満開《まんかい》にする。」

この時、あつし君の心の花だんに、世界でひとつのタネがまかれました。


さて、あつし君は、その後、どうなったでしょう。

ミンミンゼミが大声コンクールを始めようと、メガホンを持ち出した、暑《あつ》い夏の日のことです。

とつぜん、あつし君が、息をハーハーきらして、職員室《しょくいんしつ》にとびこんできました。

「魔女《まじょ》先生！　ぼく、持久走《じきゅうそう》で、初《はじ》めてみさきに勝ったよ！」

「おめでとう！　よかったね。」

魔女《まじょ》先生は、にこにこして言いました。

夏休みが終わったこの時、あつし君は、こんな詩《し》を書きました。

★ふたごのシーソー

ふたごはシーソーのようなもの。
一人《ひとり》が上がれば、一人《ひとり》は下がる。
相手《あいて》がいる限《かぎ》り、
永遠《えいえん》に続《つづ》く上下運動。

ギッタン！　バッタン！
上がったり下がったりしながら、
声をかけ合い、
二人《ふたり》で、支《ささ》え合っていく。

ギッタン！　ギッタン！
下がったままじゃつまらない。
上がろうと足をふんばるから、
希望《きぼう》が生まれる。

バッタン！　バッタン！
上がったままじゃつまらない。
下の苦しみを知ってるから、
大きな喜《よろこ》びもわく。

たとえ、電池がなくても、
ギッタン！　バッタン！
ギッタン！　バッタン！
二人《ふたり》で、宇宙《うちゅう》まで伸《の》びていく。

だけど、
一人《ひとり》になると、まったく動かない。
けんかはするけれど、
やっぱり二人《ふたり》がいい。

みさきがいるから、
ぼくもがんばれる。
ぼくがいるから、
みさきもがんばって！

魔女《まじょ》先生は、誰《だれ》もいない教室で、この詩《し》を読んだ時、

「やっぱり、あつし君の詩《し》って最高《さいこう》！」

と、声をあげました。心には、満塁《まんるい》ホームランを打った時のような喜《よろこ》びが、一気《いっき》にわき上がってきました。とはいっても、魔女《まじょ》先生は運動音痴《おんち》で、野球なんて、したことがありませんでしたがね…。


その時、水そうにいた金魚のクロちゃんがポーンと高くはねました。もしかしたら、

「本当にすてきな詩《し》だね。」

と、あいづちをうったのかもしれません。

次の日、魔女《まじょ》先生が、

「あつし君、君の詩《し》ってすてきだね。読むと心がぽっと熱《あつ》くなる。先生、感動《かんどう》しちゃったよ。」

と、こうふんして言うと、あつし君が、

「ほめてもらって、うれしいな。でも、この詩《し》のどこがいいの？」

と、ふしぎな顔をしてたずねました。魔女《まじょ》先生は少し考えながら、

「どこがすごいかっていうと…、そうね…、ふつうの言葉でなく、あつし君の言葉で書かれているところがいい。ありきたりじゃないから、どきどきわくわくするの。双子《ふたご》のシーソーなんて、あつし君しか書けない詩《し》だわ。」

と、言いました。

「ありがとう！　魔女《まじょ》先生。」

あつし君は、ちょっぴり照《て》れたように頭をかきました。

「あつし君、これからも君の詩《し》を書き続《つづ》けてね。」

魔女《まじょ》先生はそう言うと、あつし君のかたをポンとたたきました。


あつし君は何だかうれしくなって、走って家に帰りました。

「ママ、ただいま！」

と言うと、自分の部屋《へや》へかけこみました。お母さんは、

「変《へん》ねぇ、いつもだったら、ランドセルを置《お》くと、すぐに遊びにいってしまうのに…。」

と、首をひねりました。お母さんが、部屋《へや》をのぞくと、あつし君は、白いノートに、エンピツを走らせています。

（何を書いてるのかしら？）

お母さんは、あつし君があまりにいっしょうけんめいなので、気づかれないように、戸を閉《し》めました。


そう、あつし君のビッグマンは、今やパワー全開《ぜんかい》でした。

『どこまで伸《の》びるか？』

と、問いかけながら、自分の可能性《かのうせい》を信じ、ありとあらゆる挑戦《ちょうせん》をしていました。


数日たち、お母さんがあつし君の部屋《へや》の掃除《そうじ》をしている時、机《つくえ》の上に、白いノートを見つけました。

（あっ、これは、あつしの大切にしているノート！　何が書かれているのかしら？）

お母さんは、見たくてたまりません。でも、心の中で、

（いくら子どものノートでも、人のものをかってにのぞき見をするのはよくないわ！）

と、天使の声がしました。でも、好奇心《こうきしん》が、

（自分の子どもが、今、何を考えているか知ることは、立派《りっぱ》な親のつとめ。母親として、このノートを開く権利《けんり》がある。）

と、ごもっともの考えを述《の》べました。

するとどうでしょう？　お母さんの心の中では、さっきまで広がっていた迷《まよ》いの霧《きり》が晴れあがり、ノートを開く決心がついてきました。

「よし！」

お母さんは気合いを入れると、どきどきしながら、ページをめくりました。指先《ゆび》がふるえます。

そんな弱気を、好奇心《こうきしん》か、

「これは、正しいことよ。何をびくびくしているの？　正々堂々《せいせいどうどう》と読んでいいの！」

と、はげましました。

ノートには、それはきちょうめんな字で、詩《し》がぎっしりと書かれていました。30編《ぺん》はあったでしょうか？

お母さんは気をとり直《なお》して、読み始めました。あつし君の詩《し》は、かわいたのどに水がしみわたるように吸収《きゅうしゅう》され、心にひびいてきました。

タイトルに、『ふたごのシーソー』という言葉を見つけた時、首をひねりました。

「どんな意味かしら？」

お母さんは、どきどきしながら、読み進めました。

（すてき！　この詩《し》を、ぜひ、みさきにも読ませてあげたい！）

と、思いました。

　その晩《ばん》、あつし君がベッドについた後、お母さんは、みさきさんをこっそりよんで、あつし君の詩《し》を見せました。

「へーえ、あつしったら、こんなこと書いてたんだ。」

みさきさんは、うれしそうに言いました。

「そうよ、やっぱり双子《ふたご》っていいわね。ママも双子《ふたご》に生まれたかったわ。」

お母さんが、さびしそうに言いました・

「あつしったら、へへっ、あはっ、うふっ、照《て》れるなあ。でも、うれしいよ！　あつしががんばるなら、わたし、もっとがんばる。」

みさきさんが、目をキラキラさせて言いました。

　数日たち、みさきさんのビッグマンは、一応《いちおう》起《お》きていたものの、

「よし、ここらでパワーを充電《じゅうでん》だ！」

と言うと、パワードリンクのふたを開け、ごくごく飲みほしました。

12　里奈《りな》ちゃんの再出発《さいしゅっぱつ》

発明品《はつめいひん》が届《とど》いて4日目の朝がやってきました。

「今日《きょう》で4日目。とすると…、あと2日しかない。一度に、たくさんのビッグマンを起《お》こすいい方法《ほうほう》は、ないものかしら?」

エッちゃんがつぶやくと、ジンは、

「そんなことができたら、誰《だれ》も苦労《くろう》しないさ。で

きないからこそ、ウメ姉《ねえ》さんは、この発明品《はつめいひん》を創《つく》ったんだ。」

と、悟《さと》ったように言いました。

「人間《にんげん》は、ややこしい生き物ですな。ややこしくて、めんどうだからこそ、尊《とうと》い生き物といえますが…。わたしも、かつて、人間《にんげん》になってみたいと思ったことがありました。まあ、そんなことを言っても無理《むり》な話ですが…。」

シンちゃんは、また、遠くを見るような目をして、たばこに火をつけました。

「シンちゃんが人間《にんげん》になったら、どんなかしら？　顔は丸形《まるがた》？　たまご形？　それとも四角形？

ふくろうさんだから、目はぱっちりして、首がクルクルまわったらおもしろいわね。」

エッちゃんは想像《そうぞう》すると、楽しくなってきました。

「コホン！　想像《そうぞう》はご自由《じゆう》ですが…。」

シンちゃんが、せきばらいを、ひとつしました。

「ごめんなさい。あたしったら、つい調子《ちょうし》にのっちゃって…。」

エッちゃんは、想像《そうぞう》すると、とまらなくなってしまうくせがありました。ジンは、

「シンちゃん、気のきかないあいぼうを、どうかお許《ゆる》しください。」

と言ってあやまると、エッちゃんに、

「遊んでいるひまはないんだよ。とにかく、地道《じみち》に、こなしていくしかない。大切なことは、一人《ひとり》ひとりだ。多くをのぞめばおそらくからまわりする。」

と、きびしい表情《ひょうじょう》で言いました。その時、シンちゃんが、大きなあくびをひとつしました。

「もしかして、また、ねむれなかった？」

エッちゃんが、こわごわとたずねました。

「ズバリ、そのとおりです。いくら何でも、4日目でしょう？　すぐねむりに落ちるだろうと、軽《かる》く考えていたのですが、まったくねむれませんでした。」

シンちゃんのエメラルドの瞳《ひとみ》は、さらに大きく深みを増《ま》し、輝《かがや》きを放《はな》っているように見えました。

「それじゃ、4日間、起《お》きたままってこと？　時間にすると…96時間！　シンちゃん、今日《きょう》こそ家で休んだ方がいい！」

エッちゃんが、心配そうに言うと、シンちゃんが、大きな瞳《ひとみ》をさらに大きくして、

「今、とてもふしぎな気持ちがしています。わたし自身、こんなに長く起《お》きていられるなんて、思ってもいませんでした。信じられないことですが、あくびはでても、まったくねむくありません。どうしてなのか？　わたしには、理解《りかい》できません。ただ、何か、目に見えない大きな力が働《はたら》いているような気がします。いつ睡魔《すいま》がおそってくるのか？　どれだけねむり続《つづ》けるのか？　見当《けんとう》もつきません。不安《ふあん》はありますが、心配をしていても仕方《しかた》ありません。その時はその時です。ここまできたら、どこまでたえられるのか、体をはって実験《じっけん》してみたくなりました。そういうわけで、ぜひ、いっしょに冒険《ぼうけん》させてください。」

と、静《しず》かに言いました。

「シンちゃんの気持ち、わかったわ。いっしょに冒険《ぼうけん》に行きましょう。」

エッちゃんは、シンちゃんのがんこさを知っていましたので、すぐにオーケーしました。反対したところで、時間の無駄《むだ》です。

「ところで、今日《きょう》の行き先は？」

ジンがたずねます。

「今日《きょう》も、空からながめてみない？」

「ホーホー、いいですよ。」

「オーケー！　ニャオーン！」

二人《ふたり》の返事が、和音《わおん》になり、部屋《へや》にひびきわたりました。


「４日目の冒険《ぼうけん》にしゅっぱーつ！」

エッちゃんがさけびます。

今日《きょう》はちょっぴり曇《くも》り空。なまり色した雲が、あっちこっちにプカリプカリと浮《う》かんでいます。

でも、３人は、少しほっとしていました。なぜかっていうと、ほうきのばあさんの気性《きしょう》を知っていたからです。スピード魔《ま》のほうきのばあさんですが、曇《くも》っていれば、多少はおさまると思ったからです。

「おばばにしっかりつかまるんじゃぞ！　今日《きょう》はスピード日和《びより》。年はとっても、ハゲタカ山のタカには、負けんからな。いいかい？」

ほうきのばあさんの声に、３人は、

「えっ？　？　？　うそでしょう？」

口から心臓《しんぞう》がとび出すのでは？　と、心配になるほどびっくりしました。

ほうきのばあさんは、３人の気持ちも知らずに、空に浮《う》かび上がると急発進しました。曇《くも》り空をスピードを上げ、どこまでもとんでいきます。

「ヒェー！」

エッちゃんは、声を上げました。目の前がよく見えなかったので、いつもより、こわく感じられました。

その時、空でパトロールしていたカラスの警察官《けいさつかん》が、目をむきだし、カーカー鳴《な》いて追いかけてきました。

「カーカー！　前の年とったほうき、止まりなさい。昨日《きのう》に続《つづ》き二度目。違反《いはん》が続《つづ》くと、ばつが大きくなりますよ。カーカー！」

ほうきのばあさんは、いかりをばくはつさせて急ブレーキをかけました。

「キキーッ！」

また、振《ふ》りおとされたかって？　ご心配なく。今度は3人とも、ほうきの柄《え》を、しっかりとにぎっていたので、ふり落とされずにすみました。

カラスの警察官《けいさつかん》は、ほうきのばあさんに警察証《けいさつしょう》を見せると、きびしい顔をして、

「違反《いはん》ふたつ。ばっ金をお願《ねが》いします。」

と言って、手を出しました。

「違反《いはん》ふたつ？　わしには、まったく意味がわからない。」

「ひとつは、スピード違反《いはん》。もうひとつは、『反省《はんせい》なし』という違反《いはん》です。つまり、昨日《きのう》にひき続《つづ》き、連続《れんぞく》して同じ違反《いはん》をおかした人にあたえられる違反《いはん》です。さあ、これでご理解《りかい》いただけたでしょう。さっそく、ばっ金をお願《ねが》いします。」

カラスの警察官《けいさつかん》は、勝ちほこったように言いました。

「違反《いはん》、違反《いはん》てうるさいよ。君は、名誉《めいよ》あるこの大空の安全を守る警察官《けいさつかん》だろう？　空は広し。言葉をかえれば、宇宙全体《うちゅうぜんたい》の警察官《けいさつかん》とも言えるわけじゃ。だのに、君には、やさしさというものがまったく感じられない。取り締《し》まって、ばっ金をとることばかり考えておる。自分の欲《よく》ばかりを考えていたのでは、大空の平和はのぞめない。それに、残念《ざんねん》じゃが、わしにも言い分がある。」

今度は、ほうきのばあさんが、勝ちほこったように言いました。

「言い分？　それは、何ですか？」

カラスの警察官《けいさつかん》は、くちばしをとんがらせてたずねました。

「さっき、君はわしのことを、『年とったほうき』と呼《よ》んだ。確《たし》かに、はたから見たら年をとっているのかもしれない。でも、わしの心は、青春まっさかり。毎日《まいにち》、化粧《けしょう》したり、おしゃれをしたりして、若《わか》づくりにはげんでおる。それが、わしのひそかな楽しみなんじゃ。とおりすがりの他人《たにん》なんかに、年とったなんて、いわれたくない。君は、わしの心を、言葉できずつけ、ずたずたにした。空の上では、これを、違反《いはん》とは言わんのか？　ところで、聞くが、君はスピード違反《いはん》と言葉のぼう力、どちらが悪いと思う？」

ほうきのばあさんは、カラスの警察官《けいさつかん》の目をじっとにらむように見つめて言いました。

「言葉のぼう力が人をきずつけたことはよくわかりました。でも、あなたが、空の上で違反《いはん》をおかしたことにかわりがありません。ばっ金をお願《ねが》いします。」

カラスの警察官《けいさつかん》は、キツネのように、目をつりあげて言いました。

「わしは、君に、警察官《けいさつかん》には、やさしい心が必要《ひつよう》なことを忠告《ちゅうこく》したつもりだ。ばっ金なんて、いつだっていい話じゃ。それが、わからない君に警察官《けいさつかん》は勤《つと》まらない。残念《ざんねん》ながら、宇宙《うちゅう》の平和は、もはや、のぞめないねぇ。」

と言うと、ほうきのばあさんは、空をとびました。

　カラスの警察官《けいさつかん》が、あわてて、

「ばっ金をお願《ねが》いします。カーカー！」

とさけびながら、ほうきのばあさんを追いかけました。

エッちゃんは疲《つか》れた顔で、

「はい、ばっ金。昨日《きのう》よりひとまわり大きいメロンパンよ。」

と言って渡《わた》すと、カラスの警察官《けいさつかん》は、

「ばっ金、受け取りました！」

と答《こた》え、どこかへとんでいきました。


「さて、目的《もくてき》をはたさなくちゃ。その前に、おなかがすいちゃった。はらごしらえをしましょう。」

エッちゃんは特大《とくだい》のメロンパンをかじると、シンちゃんとジンに渡《わた》して言いました。もちろん、ほうきのばあさんにもね。

「まったく食いしんぼうなんだから。ついさっき、食べてきたばかりだろう。」

ジンは信じられないといった顔で、エッちゃんを見ました。

「ゴメン！　好きなものは、別腹《べつばら》なの。メロンパンかじってると、お月さまをかじってるみたいで幸《しあわ》せになるの。」

エッちゃんは、丸《まる》いものが大好きでした。お団子《だんご》にたこ焼《や》きにホットケーキ、ブドウにメロンにスイカに、イクラにウズラのたまごにカリカリ梅《うめ》…。なぜって…？　丸《まる》いものには、あふれる幸《しあわ》せがつまっている気がしたのです。

「メロンの味がぜっぴんです。ホーホー。」

シンちゃんは、パクパク食べました。しかたなく、ジンは一人《ひとり》で下界《げかい》をながめます。

「あれっ、あの子？」

一人《ひとり》の少女が、マンションの屋上《おくじょう》のあみを乗り越《こ》えようとしています。ジンは、

「大変《たいへん》だ！　とび降《お》り自殺《じさつ》かも…。」

と、さけびました。

「おばば、行き先はあのマンションの屋上《おくじょう》。スピードを上げて！」

エッちゃんの声が、きんちょうでふるえました。

「まかせてオーライ！」

ほうきのばあさんは、いきおいよく答《こた》えました。

今度は、いくらスピードを上げても、カラスの警察官《けいさつかん》は追いかけてきません。どうしてかって？　じつは、時速千キロはゆうに出ていたので、とても追いつくことができなかったのです。すぐに、マンションの屋上《おくじょう》へ着きました。

「何をしているの！」

エッちゃんが声をかけると、少女はびくっとして、後ろをふり向きました。

「…。」

少女の目には、涙《なみだ》がたまり今にもこぼれ落ちそうです。

「降《お》りなさい！」

「わたしの勝手《かって》だわ。」

少女がいかりを手にぶつけると、あみはゆらゆらゆれました。

その瞬間《しゅんかん》、少女が足をかけていたあみが、劣化《れっか》して切れました。左足が、あみの外に投《な》げ出されると、少女は体勢《たいせい》をくずしました。

「あっ、あぶない！」

エッちゃんが声を上げました。

「大《だい》じょうぶかい？」

ジンが声をかけました。

「けがはない？」

シンちゃんがたずねました。

「どうせ死《し》ぬんだもの。」

少女は小さな声でつぶやくと、目にたまっていた涙《なみだ》がしずくになって、コンクリートの床《ゆか》に落ちました。

「死《し》ぬ？　どうして？」

「あなたには、関係《かんけい》がないでしょう！」

少女は、左足をあみの中にいれると、体勢《たいせい》をととのえました。３人は、その様子《ようす》をほっとして見ていました。

「あなたをほっておけないの。」

「よけいなおせっかいよ！　わたしは死《し》にたいの！　最後《さいご》くらい好きにさせて！」

少女の決意はかたいようでした。

「本当に死《し》にたいと思ってる？」

「もちろんよ。死《し》にたいから、ここに来た。わたしの未来は、もう完全《かんぜん》に終わり。生きていても真《ま》っ暗闇《くらやみ》だわ。」

一体、少女に何があったというのでしょう？

「なぜ終わりなの？」

「第一志望《しぼう》に落ちたからよ。」

「あなたの未来って、そんなに簡単《かんたん》なんだ。受験《じゅけん》に失敗《しっぱい》したら人生《じんせい》も終わり。なんだか、さびしいわね。中学3年。まだ、たったの15歳《さい》でしょう?」

エッちゃんが、首をひねって言いました。

「当たり前よ。今は競争《きょうそう》の社会だもの。受験《じゅけん》に失敗《しっぱい》したら、競争《きょうそう》からはじきとばされて、すべてが終わり。」

「本当にそうかしら?」

エッちゃんは、大きなため息をついて言いました。

「あなたには、わたしの辛《つら》さがわからない。何も知らないくせに…。」

少女は、エッちゃんをにらみました。

「そうね、あたしには、あなたのことがよくわからない。あたしは、あなたじゃないからね。ところで、名前、教えてくれる?」

「里奈《りな》。」

少女は、しかたなく口を開きました。

「里奈《りな》ちゃんか。いい名前ね。そうだ! 今から、あなたの心をだすわね。本当に、死《し》にたいと思っているか聞くといいわ。」

「心を出す?」

里奈《りな》ちゃんは、おどろいて言いました。

「そうよ。」

「心なんて、目に見えないものよ。そんなの出せるわけがない。」

里奈《りな》ちゃんは、目を白黒させて言いました。

「ところがどっこい、できるの。だって、あたし魔女《まじょ》だもの。」

「今時《いまどき》、魔女《まじょ》？　あんた、わたしをばかにしてるの？　心を出すっていったり、魔女《まじょ》だっていってみたり…。あんた一体、何を考えているの。」

里奈《りな》ちゃんには、もう何が何だかわかりません。

「里奈《りな》ちゃんを納得《なっとく》させるには、もう行動しかないみたいね。今から、あなたの心を出してみせる。その前に、そこから降《お》りて！」

エッちゃんが、バッグからシルバーのペンライトを取り出して言いました。

「わかったわ。降《お》りてやってもいいよ。あんたが、心を出せるかどうか見届《とど》けてから、死《し》んでもおそくはないからね。」

と言うと、里奈《りな》ちゃんは、足をすべらさないように、ゆっくりと足場を確《たし》かめながら降《お》りてきました。シンちゃんは、

（あんなに『死《し》にたい！』って、さけんでるわりに、しんちょうだなあ。ここで、すべって落ちたら、簡単《かんたん》に死《し》ねるかもしれないのに…。無意識《むいしき》に体をかばってる人間《にんげん》の心理《しんり》っておもしろいなあ。）

と、思いました。


エッちゃんが、ペンライトを1回おすと、里奈《りな》ちゃんの体にムシがあらわれました。続《つづ》いてポンポンと2回おして、

「ビッグマンよ、出ておいで！」

と言うと、ゴールドに光るムシが、里奈《りな》ちゃんの体からとび出してきました。ムシはパタパタ

と空をまい、里奈《りな》ちゃんの手のひらに乗りました。

「やめて、来ないで！」

里奈《りな》ちゃんが、ふりはらおうとしました。

「ほら、これがあなたの心よ。」

エッちゃんが言いました。

「うそでしょ？」

里奈《りな》ちゃんには、信じられません。

「さっき、あなたの心にはりついていたの、見たでしょう？」

「ええ、まあ…。」

心を出すなんて、じょうだんだとばかり思っていた里奈《りな》ちゃんは、返事につまりました。

「心に、たずねてみるといいわ。」

「…。あなた、わたしの心？」

どっきんどっきんしながらたずねました。

「ソウデス。ワタシハ、イマ、ツヨイヒカリニミチビカレテ、アナタノカラダカラトビダシテキマシタ。アナタガ、ワタシノゴシュジンサマデス。」

ゴールドのムシは機械音《きかいおん》で話すと、その声を合図《あいず》に、シンちゃんは羽を広げとびたちました。

屋上《おくじょう》を1周《しゅう》すると、里奈《りな》ちゃんの左かたにとまり、ゴールドのムシにたずねました。

「君は働《はたら》いている？」

「イイエ、ゴシュジンサマガ、ゴジブンノサイノウニキヅイテクレズ、マイニチネムッテバカリイマス。ウマレテカラ、キョウマデ、ハタライタコトガアリマセン。」

ゴールドのムシは、悲しそうに言いました。

シンちゃんは、

「やっぱり、君も同じか。」

とつぶやくと、ゴールドのムシを見つめました。

　テレパシーの会話が始まりました。

「ビッグマン、これから二人《ふたり》で、なっとくのいくまで、話し合ってもらいます。あなたは、里奈《りな》ちゃんの心に住むビッグマン。つまり、才能《さいのう》です。ビッグマンは、すぐに目覚《めざ》めて働《はたら》きたいと思っていること、もし目覚《めざ》めたら全力《ぜんりょく》をつくすということ、努力《どりょく》すれば夢《ゆめ》は必《かなら》ずやかなうということ、この3点を、正確《せいかく》に伝《つた》えてください。今、ご主人さまは、あなたの存在《そんざい》をまったく知りません。高校受験《じゅけん》に失敗《しっぱい》し、人生《じんせい》は終わったと大きなかんちがいをしてしまっています。このまま生きていても、真《ま》っ暗闇《くらやみ》の人生《じんせい》。ならばいっそのこと、死《し》んでしまおうという心境《しんきょう》におちいっています。ここで、あなたの存在《そんざい》を知らせることで、自信となり、夢《ゆめ》に向かって努力《どりょく》するようになるでしょう。それでは、せいこうを祈《いの》る！」

と言うと、シンちゃんは羽を広げ、里奈《りな》ちゃんのかたからとびたちました。

「ユウゲンジッコウ！　ヤクソクハ、マモリマス。」

ゴールドのムシは、自信たっぷりに言いました。

　里奈《りな》ちゃんとビッグマンの会話が始まりました。

「リナチャン、アナタハ、ドウシテ、ジサツナンテ、ショウトシタノ？」

「受験《じゅけん》に失敗《しっぱい》したからよ。」

里奈《りな》ちゃんは、十日前《とおかまえ》に合格《ごうかく》発表があった受験《じゅけん》のことが、頭からはなれないでいました。

「ジュケンハ、ライネンモ、マタ、アルジャナイカ。ジンセイ、ハチジュウネント、カンガエテゴラン？　イチネングライ、ココデ、アシブミシテモ、タイシタコト、ナイジャナイカ。」

「だって、仲良《なかよ》しのサオリもカリンも、友だちは二人《ふたり》とも受かったのに、わたしだけ落ちちゃって…。」

里奈《りな》ちゃんは、うなだれて言いました。

「モシ、トモダチモ、オチテイタラ、ジサツハ、カンガエナカッタ？」

「わからない。でも、サオリか、カリンの、どちらかが落ちていたら、なぐさめ合えるから、自《じ》殺《さつ》は考えなかったかもしれない。」

里奈《りな》ちゃんはとまどいながら、正直《しょうじき》に答《こた》えました。

「トイウコトハ…、リナチャンノ、ジサツヲオモイタッタ、チョクセツノ、ゲンインハ、ジュケンニ、シッパイシタトイウヨリ、シンユウフタリガ、ゴウカクシタノニ、ジブンダケ、トリノコサレテシマッタ、トイウコトニナル。」

ビッグマンは、混乱《こんらん》している里奈《りな》ちゃんと自分の頭を整理《せいり》してみました。

「わたしたちは、この3年間、第一志望《しぼう》に向かい、手を取り合ってきた。かくしごとはせず、何でも語り合い、喜《よろこ》びは3倍《ばい》にして、悲しみは3分の1に分け合って、生活をしてきた。塾《じゅく》の帰り道、空に星がでると、自分たちの名前をつけて遊んだり、かくれて早弁《はやべん》したり、公園で線香花火《せんこうはなび》をしたり…、クラスはちがったけれど、わたしたちは友情《ゆうじょう》をあたため、誰《だれ》もがうらやむ仲《なか》になった。わたしは、ずっといっしょにいられると思ってた。」

里奈《りな》ちゃんは、ここで、言葉を止めました。

「モシ、リナチャンガ、ジサツシタラ、フタリハ、ドウナルノカナ？　ゴウカクシタ、コウコウヘ、イケルダロウカ？　ワタシノ、ヨソウデハ、タブン、イケナイトオモウ。ジブンノセイデ、トモダチガ、イノチヲオトシタト、シッタラ、ソレコソ、ミライガ、マックラニナリ、イキテイク、キリョクガ、ナクナルノデハナイダロウカ？　モシカシタラ、リナチャンノ、アトヲオッテ、ジサツヲ、カンガエルカモシレナイ。」

「わたしったら…。そこまで、考えてなかった。」

里奈《りな》ちゃんは、ビッグマンの話を聞くと、どっきんどっきんしてきました。

「ソレニ、モウヒトツ。リナチャンハ、ジブンヲ、ウンデクレタ、ゴリョウシンノ、コトヲ、カンガエタコトガ、アルカイ？　リナチャンガ、ジサツシタラ、イキテイラレルダロウカ？　オヤノ、ネガイハ、タッタヒトツ。コドモニハ、ジブンヨリ、イップンデモ、イチビョウデモ、ナガク、イキテホシイト、オモウモノナンダ。ジブンノイノチト、ヒキカエテデモ、コドモニハ、イキテホシイ。ソレガ、オヤノ、アイジョウトイウモノダ。モシ、キミガ、ココカラ、トビオリタラ、ゴリョウシンモ、ジサツスルカ、アルイハ、ジブンタチガ、リナチャンヲ、コロシテシマッタトイウ、ザイアクカント、イエルコトノナイ、カナシミヲセオッタママ、シンダヨウナ、ハリノナイ、マイニチヲ、オクルコトダロウ。リナチャンノ、イノチハ、キミノモノダケド、キミダケノモノジャナイ。ソレデモ、リナチャンハ、マダ、ジサツヲシタイカイ？」

ビッグマンは、里奈《りな》ちゃんの顔をじっとみながらたずねました。里奈《りな》ちゃんも、ビッグマンをじっと見つめて、

「わたし、自殺《じさつ》はしない。」

と、はっきりと言い切りました。すると、ビッグマンは、ちょっぴりはじけて、

「ハッピー！　ピッピー！　ピポプペピッピ！　ナンテ、ウレシイコトダロウ。リナチャンガ、

ジサツスル、トイウコトハ、ワタシモ、オヤクゴメンニ、ナルトコロダッタ。キキイッパツ！ヨカッター！」

と、歌うように言いました。

「だけど…、わたし、生きていく自信がないの。受験《じゅけん》に失敗《しっぱい》してから、自分には才能《さいのう》なんてないんじゃないかって、不安《ふあん》ばかりがふくれあがって…。」

里奈《りな》ちゃんは、しぼんだ風船のような表情《ひょうじょう》で言いました。ビッグマンは、

（イマガ、チャンス！）

と思いました。

「ジツハ…、ショウタイヲアカスト、ワタシハ、ビッグマン。リナチャンノ、サイノウナンダ。サッキ、リナチャンハ、ジブンニハ、サイノウナンテ、ナインジャナイカッテ、ファンソウニ、イッタヨネ。シンパイハ、イラナイ。タシカニ、ココニ、アルカラネ。」

「わたしに、才能《さいのう》？」

里奈《りな》ちゃんは、ビッグマンの、とつぜんの告白《こくはく》にびっくりぎょうてんです。

「モチロンデス！　ワタシヲ、ミテ！　リナチャンノ、サイノウハ、コンナニ、キラキラト、カガヤイテイマス。トコロガ、ワタシハ、ジュウゴネンカン、ズット、ネムッテバカリ…。ドンナニ、メザメテ、ハタラキタカッタ、コトデショウ。ソノトキハ、ゼンリョクヲ、ツクスツモリ…。リナチャンガ、ドリョクスレバ、ユメハ、ゼッタイ、カナウカラネ。」

ビッグマンが自信満々《まんまん》に言うと、里奈《りな》ちゃんの瞳《ひとみ》にも、強い光が宿《やど》って、

「わたし、来年、もう一度、高校受験《じゅけん》する。ううん、落ちたら、何度でも挑戦《ちょうせん》する。そして、医学部に入ってお医者さんになる。地球《ちきゅう》には、病院に行きたくても行けない、病気の人がたくさ

んいるの。助かるはずの命《いのち》が、次々《つぎつぎ》と亡《な》くなっているなんて悲しすぎる。そんな人々《ひとびと》をすくいたいの。」

と、言いました。

里奈《りな》ちゃんの夢《ゆめ》は、お医者さんでした。もし、自殺《じさつ》していたら、かけがいのない命《いのち》がひとつ消えるところでした。

次の瞬間《しゅんかん》、ビッグマンと里奈《りな》ちゃんは瞳《ひとみ》を合わせ、見つめ合いました。ビッグマンから、里《り》奈《な》ちゃんへ、パワーが充電《じゅうでん》されていきました。

エッちゃんが、ペンライトを3回押すと、ビッグマンは、里奈《りな》ちゃんの体にもどりました。里《り》奈《な》ちゃんは、なんだか、自分に自信がわき上がってくるのを感じました。そして、エッちゃんに言いました。

「魔女《まじょ》さん、あなたは、すばらしい魔法《まほう》使いです。なぜなら、わたしに、生きる希望《きぼう》をプレゼントしてくださったからです。ありがとうございました。」

エッちゃんが、

「どうしたしまして!」

と言って、空にまい上がった時、屋上《おくじょう》がさわがしくなりました。

「里奈《りな》、ここにいたの! ずいぶん、さがしたのよ。じつは、サオリちゃんとカリンちゃんが遊びににきてくれたのだけれど、あなたはいない。里奈《りな》は、サオリちゃんとカリンちゃんのところへ行くって出て行ったものだから、ふきつな予感《よかん》がして…。みんなで、ずっとさがしていたの。

ああ、でも、元気でいてくれてよかった。」

お母さんは、胸《むね》をなでおろして言いました。

「あれっ、お父さん、仕事は?」

里奈《りな》ちゃんが、ふしぎそうに言いました。

　仕事熱心なお父さんは、昼間、家にいたことがありません。たいてい、帰ってくるのは夜中ですから、めずらしい事だったのです。

「お母さんから、里奈《りな》がいなくなったって電話があってな…。仕事なんて手につかないから、休みをもらって帰ってきた。里奈《りな》は、わたしたちの宝物《たからもの》。何かあったら、大変《たいへん》だと思ってさ。ずっとさがしてたんだぞ。」

お父さんは、額《ひたい》に汗《あせ》をかいて言いました。

「あらまあ、おほほっ…。お父さんたらくつとサンダル?」

お母さんが、お父さんの足下《あしもと》を指差《ゆびさ》して笑《わら》いました。

「あははっ。わたしとしたことが…。あんまりあわてていたもので、気がつかなかったよ。こうなった原因《げんいん》は里奈《りな》だな。」

お父さんも笑《わら》って言いました。

「えーっ、くつのはきちがいがわたしの責任《せきにん》? お父さんたら、ひどい!」

里奈《りな》ちゃんの顔にも、ひさしぶりに、笑《え》みがこぼれました。

　サオリちゃんと、カリンちゃんは、里奈《りな》ちゃんのところへかけ寄《よ》ると、だき合って泣《な》きました。言葉は何もありません。でも、何か伝《つた》わっているようでした。しばらくすると、里奈《りな》ちゃん

が泣《な》きやんで、

「サオリ、カリン、合格《ごうかく》おめでとう！　わたしは、一年後にチャレンジするわ。先に行って待っててね。勉強しないと、追い抜《ぬ》いちゃうよ。」

と、笑顔《えがお》で言いました。

「待ってるわ。里奈《りな》。」

13　エッちゃんの夢《ゆめ》

発明品《はつめいひん》が届《とど》いて、5日目の朝がやってきました。

「今日《きょう》はとうとう最後《さいご》の日…。」

ジンが言いました。

「ねえ、あたし、自分のビッグマンとじっくり対話してみたい。だって、あたしのビッグマンたら、心の中で、ぐっすりとねむってるらしいの。ほらっ、

起《お》きなさい！」

エッちゃんが、おなかをひとつ、ポンッとたたいて言いました。

「ダメダメ！　そんなんじゃ、起《お》きないよ。ビッグマンは、大きな声で呼《よ》んでもだめ。振動《しんどう》をあたえてもだめ。いっしょうけんめいに努力《どりょく》するしかないんだ。だけど、発見器《はっけんき》を自分で使うっていうのは、すばらしい考えだ！　あんたにしては、上出来《じょうでき》。じっくりと対話して、熟睡《じゅくすい》しているビッグマンを働《はたら》かせたほうがいい。少しは、おっちょこちょいがなおるかもしれない。」

ジンはいやみを口にすると、また、やっちゃった！　と思いました。

「失礼《しつれい》しちゃうわ。おっちょこちょいで悪かったわね！」

こうれいのバトルが始まると、シンちゃんはとっさに割《わ》りこんで言いました。

「くせを直《なお》すことも大切ですが、エッちゃんの才能《さいのう》が開花することの方が重要《じゅうよう》です。せっかく、この世に生まれてきたのですから、世界でひとつだけの花を咲《さ》かせましょう。ところで、わたしのビッグマンは、どうなっているのでしょう？　こわい気もしますが、調べてもらいたいと思っています。」

「ぼくも…！　この先こんな体験《たいけん》はできそうにないからね。」

ジンが、いつになくはずんで言いました。

「決まった！　ラストデーは、あたしたちの貸《か》し切りね。」

エッちゃんは、はしゃいで言いました。

「なんだか、人生最大《じんせいさいだい》の冒険《ぼうけん》になりそうな予感《よかん》がします。わたしには、このどきどき感がたまりません。こんな時は…。」

と言うと、シンちゃんがたばこを取り出し、火をつけました。

たばこの先があかくなると、息をふかーくすいこんで、目を閉《と》じました。何を考えているのでしょう。2、3秒《びょう》すると、今度は白いけむりをすーっとはきました。あんまりおいしそうにすうので、エッちゃんは、

「あたしもすいたいな。」

と興味《きょうみ》しんしんに言いました。するとシンちゃんはあわてて、

「たばこは体によくない。エッちゃんは、すわない方がいい。」

と、言いました。

「それじゃあ。シンちゃんの体はどうなってもいいの？　体によくないんだったら、やめたらいいのに…。」

「ええ、わかっています。でも、わたしはもう…。エッちゃんには未来がある。」

シンちゃんが口ごもると、エッちゃんは心配になりました。

　シンちゃんは、まったくねむれないまま、6日目の朝をむかえていました。でも、ふしぎなことに、あくびもでません。エメラルドの瞳《ひとみ》は、いつの間にかルビー色になり、炎《ほのお》のようにめらめらと燃《も》え上がっていました。

「5日間ねむってない。つまり…、120時間起《お》きていることになるわ。」

エッちゃんがこうふんしてさけぶと、シンちゃんが、瞳《ひとみ》に大きな炎《ほのお》をゆらして、

「ラストデー！　ここまできたら、ふんばるのみです。」

と、言いました。

「シンちゃんの熱意《ねつい》には負けるわ。もし、いねむりしてたら、起《お》こしてあげる！」

エッちゃんが、笑《わら》って言いました。

「5日目の冒険《ぼうけん》にしゅっぱーつ!」

エッちゃんの声が部屋《へや》中にひびきわたると、ジンがあわてて、

「おいおい、今日《きょう》はどこにもいかないよ。」

と、止めに入りました。

「気分をもり上げるためよ。場所はここだって、立派《りっぱ》な冒険《ぼうけん》だもの。」

エッちゃんは、きりっとして言いました。この話を、そばで聞いていたほうきのばあさんは、

「期待《きたい》してそんしたよ。空をとべないなんて…。わしは、病気になりそうじゃ。」

と言うと、とつぜん、頭痛《ずつう》がしてきました。エッちゃんが、

「おばば、ごめんなさい。」

とあやまると、ほうきのばあさんは、水マクラを持ってベッドへ行きました。

「しかたない。長く生きているとこんな日もあるさ。ぐっすりねむれば、頭痛《ずつう》もおさまるじゃろう。」

ほうきのばあさんは横になると、すぐにいびきをかき、ねむってしまいました。もしかしたら、空をとべないショックより、四日間の疲《つか》れがたまっていたのかもしれません。

「さあ、あたしたちの冒険《ぼうけん》の始まり。さっそく、始めましょう!」

エッちゃんは、慣《な》れた手つきでペンライトを1回だけおすと、とつぜん、

「よし、いっせいにやっちゃおう!」

とさけび、シンちゃんとジンと自分にあかね色のシャワーを浴《あ》びせました。

なんて、ごうかいなこと！　シンちゃんとジンは、この急な展開《てんかい》についていけず、一瞬《いっしゅん》、銅《どう》像《ぞう》みたいにかたまりました。

体はかたまったままでも、シャワーの反応《はんのう》がしっかりとあらわれ、三人の体に、ムシのシルエットが映《うつ》りました。

「いる！　いる！　いる！　全部《ぜんぶ》で、1、2、3、3ムーンよ。」

エッちゃんは、それぞれの体にムシのシルエットを発見《はっけん》すると、背筋《せすじ》がぞくぞくしてきました。

「ああ、ぼくのビッグマン。起《お》きている？　それとも、ねむっている？」

ジンは、両手を合わせ、まるで祈《いの》りをささげるようなかっこうをしました。プライドが高いジンにとって、ビッグマンがねていることは、許《ゆる》されないことだったのです。

「うれしいな。どうやら、わたしにも、ビッグマンがいるようです。」

シンちゃんは、ほっとして胸《むね》をなでおろしました。

「ビッグマンたち、出ておいで！」

エッちゃんは、ペンライトを続《つづ》けて2回おすと、力強くさけびました。

今までの3倍《ばい》だと思うと、つい気合いが入ります。さけびながら、一つひとつのムシにまるで語りかけるよう、カナリア色のシャワーを浴《あ》びせました。

すると、いつものように、ビッグマンが、三人の体から次々《つぎつぎ》ととび出してきました。

「なんて、きれいでしょう！　まるで、トンカラ山のゲンジボタルの里《さと》みたいです。」

シンちゃんは、故郷《ふるさと》のトンカラ山を思い出していました。

「ゲンジボタルの里《さと》？　あっ、思い出した！　あの里《さと》には、およそ10万匹《びき》のホタルがいて、夏にかくれんぼ大会をするんだけど、ホタルでしょう？　がまんしても、ついついおしりが光って、すぐにつかまってしまう。楽しかったな。確《たし》か、優勝《ゆうしょう》の賞品《しょうひん》は、さとう水1リットルだったかしら？　なつかしいわ。」

エッちゃんも、心を一瞬《いっしゅん》だけ、トンカラ山にタイムスリップさせて言いました。

1ムーンでさえ昼間のように明るいのに、その3倍《ばい》です。まぶしくて、３人は目を細めました。

ゴールドのムシはパタパタと空をまい、それぞれの手のひらに乗りました。

「あなた、働《はたら》いている？」

エッちゃんが、自分のビッグマンにたずねると、ビッグマンは、

「ソノケンニ、ツキマシテハ、タシカ、イツカマエニ、オハナシ、シタハズデス。」

と、答《こた》えました。

「ごめん。あたしったら、うっかりしてた。ウメ姉《ねえ》さんのコピーから、ぐっすりとねむってるって聞いたばかり…。」

エッちゃんは、さっきまで覚《おぼ》えていたはずなのに、つい、たずねてしまいました。

エッちゃんとビッグマンの会話が始まりました。

「エッチャン、アナタノ、ユメハ、ナニ？」

「そんなの決まってる。立派《りっぱ》な先生になることよ。」

エッちゃんは、当然《とうぜん》のように答《こた》えました。

「リッパ…、リッパッテ、イウノハ、ドンナコトカナア？」

「そんなの、決まってる。頭がよくて、物知りで、つまり、子どもたちに何でも教えてあげられるっ

てこと。先生は、教えることが仕事だもの。」

「アタマガヨクテ、ナンデモ、シッテイル？　ソレガ、センセイトシテ、タイセツナ、ジョウケンナンダロウカ？」

ビッグマンは、首をかしげました。

「そうじゃないの？　今の時代、受験《じゅけん》勉強は、ひとつの社会現象《しゃかいげんしょう》にもなっている。小学生のうちから、受験《じゅけん》に苦しんでいる子どもたちがたくさんいる。わたしのクラスにも、三人に一人《ひとり》。そんな子どもたちに、栄光《えいこう》をつかんでほしいと思う。だから、そのために、先生はひとつでも多くの知識《ちしき》を教えてあげたいと思う。それが、いけないこと？」

エッちゃんは、ビッグマンにたずねます。

「チシキノ、ツメコミハ、ハタシテ、コドモタチノ、ミライニ、プラスニ、サヨウスルノダロウカ？」

ビッグマンは、疑問《ぎもん》を投《な》げかけました。

「だって、受験《じゅけん》に失敗《しっぱい》したら、落ちこぼれてしまう。昨日《きのう》、出会った里奈《りな》ちゃんだって、自殺《じさつ》しようとしたじゃない。もしも、受かっていたら、自殺《じさつ》は考えない。再《さい》チャレンジの決心をしたからよかったけれど…。確《たし》かな知識《ちしき》は、子どもたちの夢《ゆめ》の実現《じつげん》のためにも必要《ひつよう》なことよ。」

エッちゃんは言い切りました。

「チシキハ、ユメジツゲンノ、イチブニハ、チガイナイサ。デモ、スベテジャナイ。コドモタチノ、カガヤカシイ、ミライニオイテ、チシキヨリ、モット、タイセツナ、モノガ、キット、アル。」

ビッグマンも言い切りました。

「そうかな？　あたしには、そう思えない。現実的《げんじつてき》だって、言われるかもしれないけど、受験《じゅけん》をクリアーしなければ、次に進めない。いい中学、いい高校、いい大学を卒業《そつぎょう》した者たちが、出《しゅっ》世《せ》して高級官僚《かんりょう》となり、高い給料《きゅうりょう》を手にしている。その現実《げんじつ》が変《か》わらなければ…、今の社会が変《か》わらない限《かぎ》り…いくらかっこいいことを言っても、しょせん無理《むり》なのよ。最後《さいご》は履歴《りれき》がものをいう。」

「リレキナンテ、タダノ、カミキレジャナイカ。ソンナノ、ヤブイテシマエバ、ナンニモナラナイ。」

「だけど、この国では、重要視《じゅうようし》してる。どこの面接《めんせつ》受ける時も、必《かなら》ずといっていいほど、履歴書《りれきしょ》が必要《ひつよう》なの。あなたも、悲しい現実《げんじつ》を知ってるでしょう？　あたしなんて、トンカラ山出身《しゅっしん》ときてる。しかも、正体《しょうたい》を明かせば…、魔女《まじょ》。人間《にんげん》ではないのよ。まあ、そんな事実《じじつ》は、どこにも書かないけどね。もし、書いたところで、人間《にんげん》たちは信じてくれないから。話がまわりくどくなっちゃったけれど、結論《けつろん》を言えば、あたし、いつまでたっても、ただの先生よ。いくら努力《どりょく》しても、それ以上《いじょう》にはなれない。立派《りっぱ》な先生など、きっと死《し》んでもなれないわ。」

エッちゃんのさけびにも似《に》た言葉に、ビッグマンは大きな声を上げました。

「ワカッタワ！　ソレヨ！　ソレ！」

「あなたに、一体何がわかったというの？」

エッちゃんが、たずねます。

「ソレガ、アナタノ、オオキナカベデス。ダカラ、イママデ、ワタシ…、ツマリ、サイノウガ、ネムッテイタノデス。ユメハアッテモ、ココロノドコカデ、アキラメテイタ。ソレガ、ブレーキニナッテ、アナタヲ、ホンキカラ、トオザケテ、シマッテイタ。」

「どういう意味？」

エッちゃんが、首をひねります。

「ツマリ、コウイウコトデス。ココニ、バケツガ、ヒトツアリマス。ソレニ、ホンノ、チイサナアナガ、アイテイタトシマショウ。ソノバケツニ、ミズヲイレルト、ドウナリマスカ？　サテ、ココデ、モンダイデス。アナガ、チイサイカラ、ソノバケツハ、ツカエル。マルカバツカ？」

「バツに決まってる。どんなに小さくても穴《あな》は穴《あな》。水がもれてしまうもの。ビッグマン、クイズにしては簡単《かんたん》すぎる。もう少し、レベルを上げてもいいわよ。」

エッちゃんが、笑顔《えがお》で言いました。

「ダイセイカイデス。コタエハ、バツ。ドンナニチイサクテモ、アナガ、アイテイレバ、ミズハ、モレマス。モレルバケツハ、ツカイモノニ、ナラナイカラデス。ココデ、ハナシヲ、モトニ、モドシマショウ。アナタノ、コトデス。タトエ、ドンナニ、チイサナ、ウタガイデモ、ウタガイハ、ウタガイ。99パーセント、シンジテイテモ、1パーセント、ウタガッテイルト、モノゴトハ、ジョウジュシナイ。セイコウシナイモノデス。ダカラ、ワタシガ、ネムッテイタノデス。」

ビッグマンの説明《せつめい》を、エッちゃんはどきどきしながら聞きました。

「すごい！　心ってびみょうなのね。とってもせいこうにできている。」

「ソレハ、アタリマエデス。ワタシタチ、ココロハ、ニンゲントシテノ、カクヲ、ニナッテイルノデス。」

「人間《にんげん》としての核《かく》？」

エッちゃんは、首をひねります。

「エエ、ニンゲンガ、ニンゲンデアル、ユエンデス。」

「そっか…。人間《にんげん》は心あってこそ人間《にんげん》。決して、ロボットじゃないものね。」

エッちゃんは、わけのわからないようなことを言いました。

「エッチャンニハ、ユメガアルノニ、ナゼ、ワタシガ、オキダセナイノカ、イママデ、ズット、フシギニ、オモッテイマシタ。キョウハ、ヨウヤク、ソノフシギガ、トケテ、スッキリシマシタ。」

ビッグマンは、すがすがしい顔をして言いました。

「あたしもよかった。あなたが起《お》きだせば、勇気《ゆうき》100倍《ばい》。どんな困難《こんなん》も、笑顔《えがお》で乗り越《こ》えられそうな予感《よかん》がする。」

エッちゃんが、にこにこして言いました。

「イマ、エッチャンハ、ワタシガ、オキダスト、イイマシタ。デモ、ザンネンナガラ、ワタシハ、マダ、オキダスト、キマッタ、ワケデハ、アリマセン。ナゼカトイウト、サキホドノ、1パーセントノ、ウタガイガ、トケテイナイ、カラデス。」

「うたがい…？　何だっけ？」

エッちゃんは、ポカンとして言いました。

「ホラネ。マダ、ワカッテ、イマセン。カクニンシマス。アナタハ、ジンセイノ、カチマケヲ、リレキ、ツマリ、シュッシンヤ、ガクレキデ、トラエテイマシタ。リレキガ、ヒクイ、ジブンハ、ステキナ、センセイニナド、ナレナイト、カンチガイヲ、シテシマッテ、イマシタ。シカシ、ソウデハ、アリマセン。トンカラヤマノ、シュッシンデモ、ドリョクシダイデ、ミリョクテキナ、センセイニナレルシ、ジュケンニ、シッパイシテモ、ドリョクシダイデ、サラニ、スバラシイ、ジンセイヲ、アユムコトガ、デキル！　トシンジマス。コノケンニツイテ、アナタハ、ドウオモイマスカ？」

「うーん。」

エッちゃんには、まだ、ひっかかっていることがあるようです。

「マダ、スッキリシナイ、ヨウデスネ。ユウメイナ、ダイガクヲデタ、センセイハ、チシキガホウフダカラ、イイセンセイニナレテ、ナモナイ、ダイガクヲデタセンセイハ、ドンナニドリョクヲシテモ、ミリョクテキナセンセイニナレナイ。モシ、ホンキデ、ソウオモッテイルトシタラ、アナタハ、センセイヲヤメルベキダ。」

「勝手《かって》なことを言わないで！　どうして、やめなくちゃならないの。あたしは、子どもの心がわかる本当の先生になりたいの。あなたの指示《しじ》は受けない。」

エッちゃんは、ぷりぷりして言いました。

「ダッテ、アナタハ、リレキガ、スベテダトイッタ。ココロノカタスミデ、ドンナニ、ドリョクシテモ、イイセンセイニナレナイ。ムダナテイコウダト、オモッテルジャナイカ。ソンナ、センセイニ、ナラウコドモタチハ、ドンナニ、フコウダロウ！　ミンナ、イイセンセイニ、ナライタイトオモッテイル。ジブンニ、ジシンガナイノナラ、サッサトヤメルベキダ。アナタガヨクテモ、コドモタチニトッテハ、イイメイワクダ。」

ビッグマンは、言いたいことをはっきりと言いました。

「なるほど…。くやしいけれど、そのとおり！　もし、子どもだったら、そんな先生に習いたくない。でも、どんなことがあっても、先生を続《つづ》けていたい。だって、あたしの夢《ゆめ》なんだもの。」

「ワガママダナア。ジシンノナイ、センセイニナラッタラ、コドモダッテ、ジシンヲモテナイ。センセイト、コドモノ、カンケイハ、カガミノヨウナモノサ。コドモタチノ、ミライヲ、シンケンニ、カンガエルナラ、センタクハフタツニ、ヒトツ。」

「二つにひとつ？」

「アア、カンタンサ。モシ、センセイヲ、ツヅケタイノナラ、カンガエカタヲ、アラタメルシカナイ。カンガエカタガ、カエラレナイノダッタラ、センセイヲヤメル。コノ、ドチラカヒトツダ。」

「そうね！　だんだんすっきりしてきたわ。でも、どうしよう？　うーん…。」

「マヨッテイルトキハ、ハッキリトシテイルコトカラ、ジッコウスルトイイ。」

ビッグマンが、アドバイスしました。

「そうね、はっきりしていることは、『先生を続《つづ》けていたい！』ということ。つまり…。考え方をあらためるしかないってことね。なんだ。こんなに、簡単《かんたん》なことだったんだ。あたしったら、何を悩《なや》んでいたんだろう。」

「ソノチョウシ！」

ビッグマンが、応援《おうえん》しました。

「いろいろな本を読んで知識《ちしき》を吸収《きゅうしゅう》したり、わかりやすく教えるための研修《けんしゅう》をしたり、いっしょに遊んだり、日記《にっき》で対話したりする中で、子どもたちの心が少しずつ理解《りかい》できていく気がする。子どもの目線《めせん》で語り、ともに感動体験《かんどうたいけん》をするなかで、きっと、魅力的《みりょくてき》な先生になれる。ふしぎだわ。とつぜん、あたしの体に、今までなかった自信があふれだしてきた。決めた！　あたし、絶対《ぜったい》に魅力的《みりょくてき》な先生になる。」

「イイゾイイゾ、ソノチョウシ！」

ビッグマンが、また、応援《おうえん》しました。

「よく考えてみたら、失敗《しっぱい》を体験《たいけん》してきた先生っていうのは…、つまり、あたしのことだけど、勉強ができない子どもや、受験《じゅけん》に失敗《しっぱい》をした子どもの気持ちもよくわかる。としたら、つまずきやすいところをていねいに教えたり、人生《じんせい》のアドバイスもできるということになる。体験《たいけん》は、ただの言葉とちがう。かけがえのない魂《たましい》が入っているわ。」

「アア、タイケンヨリ、トウトイモノハ、ナイ。モノゴトノ、スベテサ。オソラク、ソレガ…、ツマリ、タマシイニカタリカケル、シドウガ、センセイノミリョクニ、ツナガッテイク。ワタシハ、ソウシンジテ、ヤマナイ。」

「かけがえのない、魂《たましい》に語りかける指導《しどう》が、魅力《みりょく》につながる。すてきな言葉ね。あたし、強く信じるわ。だとしたら、失敗《しっぱい》をたくさん経験《けいけん》してきたあたしに、こわいものはない。」

「マスマス、ジシンニ、アフレテキタネ。」

ビッグマンは、こうふんして言いました。

「あたし、長い間考えちがいをしていた。人生《じんせい》の勝ち負けは履歴《りれき》なんかじゃない。過去《かこ》にふりまわされず、今を、全力《ぜんりょく》で生き抜《ぬ》くわ。あたし、子どもの心がわかる、魅力的《みりょくてき》な先生になりたいの。」

エッちゃんの瞳《ひとみ》が輝《かがや》きました。


「オーケー! コレデ、ワタシモ、オキダスコトガ、デキル。トコロデ、エッチャンノ、ジンセイノ、モクテキハ、ナンデスカ?」

ビッグマンはうれしくなると、難問《なんもん》を出しました。

「ビッグマン、あなたって、とつぜん、とほうもなく、大きな質問《しつもん》をするのね。うーん…。2・3日、考える時間がほしいわね。以前《いぜん》、考えたことは、何度かあるんだけど、『まだ、わからない』というのが、本当の答《こた》え。確《たし》か、5日前だったと思うけど、シンちゃんがポツリと、『自分さがしの旅《たび》』をしているってつぶやいたの。あたし、その言葉にひどく共感《きょうかん》してね。」

エッちゃんとシンちゃんは、数日前、たまたま人生《じんせい》について語り合ったのです。

「ジブンサガシノ、タビ?」

ビッグマンは、耳慣《な》れない言葉を、ゆっくりと繰《く》り返しました。

「ええ、そうよ。自分をさがす旅《たび》。人生《じんせい》は、長い旅《たび》のようなもの。あたしは、何のために生まれてきたの？　どんな才能《さいのう》があるんだろう？　どのように生きていけばいいの？　せっかくこの世に生まれてきたんだもの。しんけんに考えてみたい。」

エッちゃんが、しんけんにというところを強調して言いました。

「ソウ、ジブンサガシカ…。トコロデ、ソノ、タビノナカデ、ドンナ、センセイニナリタイノ？」

ビッグマンはうれしくなると、さらに、二つめの難問《なんもん》を出しました。

「どんな先生って？　うーん、そうね…。子どもといっしょに活動して、子どもの目線《めせん》で思考《しこう》して、子どもとともに感動《かんどう》できたらいいな。人生《じんせい》は、きっと勝ち負けじゃない。どれだけ、感動《かんどう》できるかってことかもしれない…。」

エッちゃんは、思考《しこう》しながら、言葉を選ぶように話しました。

「ソレジャア、サイゴノ、シツモン。ミライノ、コドモタチニ、ツタエタイコトハ？」

ビッグマンはうれしくなると、さらに、三つめの難問《なんもん》を出しました。

「子どもたちに伝《つた》えたいこと？　うーん、いろいろあって、まとまらない。そうだ、短い言葉にしてみるわね。」

と言うと、ぽつりぽつり話し始めました。

楽しい時　くしゃくしゃの顔で笑《わら》うこと
悲しい時は泣《な》いていいこと
おこりたい時はおこっていいこと
あなたはどんな時も
決して　一人《ひとり》じゃないこと

生き物には　みんな命《いのち》があること
ゴキブリも人間《にんげん》も
命《いのち》の重さは　みな同じということ
命《いのち》は限《かぎ》られていること
つまり　死《し》ぬということ

魂《たましい》は　みがけばみがくほど
キラキラ輝《かがや》くということ
大きな夢《ゆめ》をかなえるために
小さい努力《どりょく》を続《つづ》けること
自分を信じて　決してあきらめないこと

人のために行《おこな》うことが
自分のためになっているということ
世界中が平和でいてほしいこと
わたしたちは幸《しあわ》せになるために
この地球《ちきゅう》に生まれたってこと

「それから…。」

エッちゃんは続《つづ》けようとしました。

「オイオイ、マダアルノ？」

ビッグマンは、目を白黒させて言いました。

「無限《むげん》よ。だって、あたしよくばりだもの。夢《ゆめ》は永遠《えいえん》。どこまでも続《つづ》く。」

「コノカイワ、ズット、ツヅイタラ、ジンセイガ、ナクナッテシマウ。エッチャンノ、ジンセイハ、ワタシトノ、タイワデ、オワッテシマウ。コノヘンデ、ヤメテモラエナイダロウカ。」

ビッグマンが、まじめに言うので、エッちゃんは、つい、ふきだしてしまいました。

「アハハッ！　ビッグマンたら、じょうだんよ。ふしぎね。あなたと会話していたら、元気がでてきた。あきらめていたことも、努力《どりょく》すれば絶対《ぜったい》にできるって思えてきた。あたし、何でも挑戦《ちょうせん》する。方向音痴《おんち》もおっちょこちょいも、逆上《さかあ》がりも車の運転も、魔女《まじょ》テストも逃《に》げ出さないでがんばるからね。」

と言うと、エッちゃんは、ビッグマンを見つめました。ビッグマンからエッちゃんへ、パワーが充電《じゅうでん》されていきました。

14　ジンの夢《ゆめ》

「君は、働《はたら》いている?」

ジンの問いに、ビッグマンは、どう答《こた》えたでしょう?

「イチニチノナカデ、ジュウニジカンホド、オキテ、ハタライテイマス。オオヨソデイウト、チョウド、ハンブンデス。ノコリノ、ハンブンハ、ネムッテイマス。」

ジンは、ビッグマンの言葉を聞き、真《ま》っ青《さお》になりました。

(まさか、あろうことに、ぼくのビッグマンが半分もねむっているなんて…。何かのまちがいではないのか?)

ジンは、自分の耳をうたがいました。

なぜって？　こんな結果《けっか》をじょうだんにも、予想《よそう》していなかったのです。ジンは、自信がありました。エッちゃんの先生役として、朝から晩《ばん》まで、計画を立てて、生活してきたのです。そんなわけがあり、ジンのビッグマンは、ずっと、起《お》きて働《はたら》いているか、あるいは、悪く予想《よそう》しても、ねむっているのは、1、2時間程《ほど》だと確信《かくしん》していたのです。

ところが、ジンの確信《かくしん》は、一瞬《いっしゅん》でくずれさりました。

「ああ、ぼくは、もう生きていけない。」

ジンは、弱気になって言いました。

確信《かくしん》というものは、確《たし》かな自信であり、それを裏切《うらぎ》られるのは、ショックでした。プライドが高いジンにとって、最悪《さいあく》の結果《けっか》だったといえるでしょう。

ジンは優等生《ゆうとうせい》でしたので、失敗経験《しっぱいけいけん》がありません。プライドは細く、その上、弾力《だんりょく》がありませんでしたので、ぽきっと、音をたてておれてしまいました。残念《ざんねん》ながら、プライドの幹《みき》の中は空洞《くうどう》でした。

でも、だからといって、事実《じじつ》は事実《じじつ》。どうすることもできません。本人が乗り越《こ》えるしか、方法《ほうほう》はないのです。

ジンとビッグマンの会話が始まりました。

「君は、どうして半分もねむってる?」

ジンは待ちきれなくて、先にたずねました。すると、ビッグマンは、にやにやして、

「マア、マア、ソンナニ、アワテルコトハナイサ。ワタシノコトハ、ドウダッテイイ。イマ、ダイジナコトハ、キミガ、ナニヲ、カンガエテイルノカッテ、コトダ。ソレガ、ワカレバ、ワタシガ、

ナゼ、ハンブンモ、ネムッテイルノカ、ワカル。」

と、答《こた》えました。

「へーっ、そうなんだ。」

ジンは、感心して言いました。

「ダッテ、ヨク、カンガエテゴラン？　キミノココロハ、ワタシナンダ。ツマリ、キミト、ワタシハ、イッシンドウタイ。アタリマエノコトヲ、キクナヨ。」

ビッグマンは、少しむっとして言いました。

「まさに、そのとおり！　しかし、君は、頭がいいね。」

ジンは、素直《すなお》にほめました。

「トコロデ、キミノ、ユメハ、ナニ？」

ジンは、少しだけ考えると、

「この人間界《にんげんかい》で、エッちゃんを、すてきな先生にすることさ。おちこぼれの魔女《まじょ》を、ぼくの力で一人前《いちにんまえ》の先生にしたい！　ぼくは、使命《しめい》をもって、この人間界《にんげんかい》へ来たんだ。」

と、自信たっぷりに答《こた》えました。

「ソレハ、スバラシイ！　シカシ、ワタシガ、キイテイルノハ、キミノ、ユメ。エッチャンノ、コトデハナイ。」

ビッグマンは、語調《ごちょう》を強くして言いました。

「ぼくの夢《ゆめ》？　だから、さっき言ったけど、それは、あいぼうのエッちゃんを一人前《いちにんまえ》にするのが、ぼくの夢《ゆめ》。エッちゃんとぼくの夢《ゆめ》は重なるんだ。」

ジンも、力を入れて答《こた》えました。

「ジンカクガ、チガウ、フタリノ、ユメヲ、オナジニ、スルコトガ、デキルノダロウカ？　ボクニハ、ギモンダ。ソレハ、ユメトイワズニ、『ネガイ』ト、イウノデハ、ナイダロウカ。ジンクン、キミノ、ジンセイハ、キミノタメニ、ヨウイサレタ。シッコイヨウダガ、エッチャンノ、タメデハナイ。キミガ、シアワセニナルタメニ、アル。」

ビッグマンの言葉に、ジンはとまどいを感じながら、うなずきました。

「今まで、そんなこと、考えたことなかったな。ぼくの人生《じんせい》は、ぼくの夢実現《ゆめじつげん》のため、ぼくが幸《しあわ》せになるためにあるか…。いい言葉だな。」

ジンは、エッちゃんとの生活を振《ふ》り返ってみました。

このごろ、あいぼうのエッちゃんに、いやみばかりが増《ふ》えました。なぜかっていうと、自分が教えたようにできないと、腹《はら》が立ってしまうからでした。いつの間にか、エッちゃんを、自分のロボットのようにあつかっている自分がいました。

自分の夢《ゆめ》がないばかりに、エッちゃんへの期待《きたい》ばかりが、大きくふくらんでいたのです。もし、自分の夢《ゆめ》があったら、こんなに期待《きたい》はしなかったでしょう。

しばらく、ちんもくが続《つづ》きました。ちんもくをやぶったのは、ビッグマンでした。

「ソーカ、ワカッタゾ！　ワタシガ、ナゼ、ハンブン、ネムッテイタノカ！」

「君に何がわかったというの？」

ジンが、静《しず》かにたずねます。

「キミノ、ジャクテン、デス。ダカラ、イママデ、ワタシガ、ハンブン、ネムッテ、イタノデス。キミノ、ユメハアッテモ、ソレハ、ホントウノ、ジブンノユメデハナク、タニンノモノ。ホントウハ、ナニカニ、チャレンジジシタイノニ、ホンシンヲ、カクシテ、ドリョクヲ、オコタッテイタ。ココロハ、ショウジキダカラ、ハンブンハ、メヲサマシテモ、ハンブンハ、オキダスコトガ、デキナイデイタッテワケサ。」

ビッグマンが、ジンの弱点を指摘《してき》しました。

「そんなことが心の中で起《お》こっていたんだ。ぼくが知らないことでも、心は知っていた。心は何でも知っている。まるで、かみさまのようだ。」

ジンが、こうふんして言いました。

「モウイチドキク。キミノ、ユメハ?」

ビッグマンは、仕切《しき》り直《なお》してたずねました。

「そう、ぼくの夢《ゆめ》。長い間、忘《わす》れていたようだ。小さいころは、いろんなことを考えていたのにな。えっと、世界をひもとく考古学者《こうこがくしゃ》、宇宙飛行士《うちゅうひこうし》もいいなあ。サッカーの選手《せんしゅ》、いやいや体操《たいそう》もいい。なんてったって三回転ひねりが得意《とくい》だからね。待てよ、今の日本を何とかしたい。そうだ!政治家《せいじか》っていうのも魅力《みりょく》だなあ。」

ジンは、にやにやしながら想像《そうぞう》しました。

ひさしぶりの想像《そうぞう》に、胸《むね》がときめきました。

今なら、何をやっても実現《じつげん》できそうな気がしました。

「よし、ぼくの夢《ゆめ》を実現《じつげん》するぞ。」

と言うと、ジンは、ビッグマンを見つめました。ビッグマンからジンへ、パワーが充電《じゅうでん》されていきました。

15 シンちゃんがゴキブリに？

「君は、働《はたら》いている？」

シンちゃんの問いに、ビッグマンは、どう答《こた》えたでしょう？

「1ニチノナカデ、2ジュウ4ジカンホド、オキテ、ハタライテイマス。ツマリ、3ジカンダケ、ネムッテイマス。」

（わたしのビッグマンは、ずいぶん、働《はたら》いているんだなあ。でも、だからこそ、その3時間が気になる。どうしてなんだろう？）

シンちゃんは、首をひねりました。

　シンちゃんとビッグマンの会話が始まりました。

「キミノ、ユメハ、ナニ?」

シンちゃんは、ほほを赤く染《そ》めて答《こた》えました。

「えーっ、無理《むり》と承知《しょうち》で話します。それは、あこがれの『人間《にんげん》』になることです。トンカラ山にいたころ、『まぼろしの羽伝説《でんせつ》』を耳にしました。その伝説《でんせつ》によると、広い宇宙《うちゅう》に1羽だけ存在《そんざい》するという、虹色《にじいろ》の羽を持つフクロウは、かみさまの御心《みこころ》を授《さず》かり、人として生まれかわるそうです。わたしの羽は虹色《にじいろ》ではないので、とうてい無理《むり》なことはわかっています。でも、三年前のある月夜の晩《ばん》、とつぜん、心の中でこんな声がしました。『夢《ゆめ》を実現《じつげん》しないまま、人生《じんせい》を終えていいのかい?　一度きりしかない人生《じんせい》だよ。挑戦《ちょうせん》しないであきらめたら、後悔《こうかい》するのではないか?』と…。わたしは、その声におされるように、故郷《ふるさと》のトンカラ山を旅立《たびだ》ちました。一度、思いこむと、じっとしていられない性格《せいかく》なのです。野心《やしん》がふつふつとわきあがり、希望《きぼう》を持って、この人間界《にんげんかい》へまいりました。おろかなことに、ゼロに等《ひと》しい可能性《かのうせい》にかけて、行動を起《お》こしてしまったのです。でも、ちっとも後悔《こうかい》はしていません。」

「ソノユメハ、イマデモ、カワラヌカ?」

ビッグマンは、念《ねん》をおしてたずねました。

「もちろんです。人間《にんげん》になりたいという夢《ゆめ》は、今まで、一度もゆらいだことがありません。もし、人間《にんげん》になれなくても、この人間界《にんげんかい》で修行《しゅぎょう》して、自分を見つめなおしてみたいと思っています。たとえ、実現《じつげん》の可能性《かのうせい》は低《ひく》くても、ゼロではない以上《いじょう》、夢《ゆめ》は自分を支《ささ》えてくれています。生きる希望《きぼう》とでも、申《もう》しましょうか。たくさんの勇気《ゆうき》をもらっています。こう考えると、夢《ゆめ》っていうのは、たいしたものですね。もし、夢《ゆめ》がなかったら、今ごろは、トンカラ山で、ただホーホー鳴《な》いていたでしょう。」

と言うと、シンちゃんは、ホーホー鳴《な》く真似《まね》をしました。

「スバラシイコエダ！　キイテイルト、ダンダン、ココロノナカガ、スンデイクヨウダ。」

ビッグマンは、うっとりして言いました。

「あなたは、わたしの心の中にいますよね。わたしの声は聞こえないのですか？」

シンちゃんは、首をひねりました。

「イヤ、キコエルケレド、カラダノナカデハ、コンナニヒビカナイ。」

「そうでしたか。ありがとうございます。しかし、人間界《にんげんかい》にきたら、鳴《な》く回数がめっきり減《へ》ってしまいました。トンカラ山にいたころは、きそって鳴《な》いていたものです。あのころがなつかしいなあ。」

と言うと、シンちゃんは、一瞬《いっしゅん》、遠い目をしました。

「トコロデダ、ニンゲンカイノ、シュギョウハ、ススンデイルノカ。」

ビッグマンの瞳《ひとみ》が、大きくなりました。

「恥《は》ずかしい話ですが、わたしは年をとっても、いまだ、自分というものが見えません。今、修行《しゅぎょう》をしながら、自分をさがしているところです。本当の強さとは、一体、何なのか。本当の勇気《ゆうき》とは何なのか。本当の愛《あい》とは何なのか。本当のやさしさとは何なのか。わたしは、もっともっともっと、自分を深く知りたい！　強くそう思います。でも、愛《あい》する家族との別《わか》れは、一番つらかったです。」

シンちゃんは、三人の顔を思い出して、涙《なみだ》を浮《う》かべました。

「ソンナニ、ツライノニ、ナゼ、カゾクト、ワカレテマデ、ニンゲンカイニ、キタ？」

「この世には、一人《ひとり》にならなければわからないことが、たくさんあります。今回の旅《たび》もしかりです。

そりゃあ、家族は大切です。わたしにとって、永遠《えいえん》の宝物《たからもの》です。でも、自分をさがすために連《つ》れてくることはできません。わたしは、自分がこの世に生まれた意味を、どうしても確《たし》かめてみたかったのです。

「カゾクヲ、ステテマデカ？　カゾクニトッテミタラ、ジブンカッテナ、コウドウト、イエルノデハ、ナイカナ？」

ビッグマンは、つらい質問《しつもん》を浴《あ》びせました。

「捨《す》てたわけじゃ、ありません。いったん、別《わか》れただけです。いつか、むかえにいくつもりです。わたしには、家族を幸《しあわ》せにする責任《せきにん》があります。でも、よく考えたら、自分の気持ちを優先《ゆうせん》して、この人間界《にんげんかい》へきたわけですから、自分勝手《かって》と言われてもしかたありません。」

「イッカ…カ。ソノ、イツカッテイウノガ、ジツハ、イチバン、ヤヤコシイ。チカイミライカモシレナイガ、トオイミライカモシレナイ。モシカシタラ、サイアクノバアイハ、ジツゲンシナイッテ、コトモ、アリエル。キゲンガ、ナイカラ、ザンコクナンダ。」

ビッグマンは、言葉をひとことひとことかみしめながら言いました。

「あなたの言うとおり。わたしには、いつかの期限《きげん》が見えていません。待っている家族にとって、それは不安《ふあん》な毎日《まいにち》でしょう。こうして考えていくと、ますます、わたしは、自分が自分勝手《かって》に思えて苦しくなります。家族は、元気でいるだろうか？」

と言うと、シンちゃんの頭には、家族と過《す》ごしたなつかしい日々《ひび》がポワン、ポワンと浮《う》かび上がりました。

娘《むすめ》たちの誕生日《たんじょうび》には、きまって好物《こうぶつ》の『ツキミソウピザ』を作ってお祝《いわ》いしました。ツキミソウピザ? 耳慣《みみな》れない言葉ですが、作り方はいたって簡単《かんたん》です。ふつうのピザとかわりません。なぜって、できたてのピザの上に、ツキミソウをのせてできあがり!

ツキミソウというのは、南アメリカが原産《げんさん》で、白い花をつけます。夕方にひっそりと咲《さ》き、まるでお月さまの付き人《びと》みたいに、次の日の朝まで咲《さ》き続《つづ》け、ひるにはしおれていきます。言葉をかえていうと、フクロウといっしょに、生活をしている花でした。生き物たちが寝静《ねしず》まった夜、活動するフクロウたちにとって、親友といってもいいくらい大切な花だったのです。

シンちゃんは、生地《きじ》作りのイーストの分量《ぶんりょう》を間違《まちが》えて風船ピザになったり、変《へん》なにおいがすると思っていたらオーブンの中でこげてしまい、ピザなしパーティになったりしたことを思い出し、苦笑《くしょう》しました。

「あれから3年。娘《むすめ》たちは、3つ年をとり、大きくなっただろうな。ちょうど、反抗期《はんこうき》に入る年ごろだ。妻《つま》は、二人《ふたり》の子どもたちを、たった一人《ひとり》で育てて、疲《つか》れはててはいないだろうか? 明るく送り出してくれた妻《つま》だから、よけいに愛《いと》おしい。せめて、反対して、わめいてくれたらよかったのに…。いっこくも早く、自分さがしの旅《たび》を終了《しゅうりょう》して帰らなくちゃ。でも…、まだ、何も見つかっていないのです。」

「ソウカ。」

ビッグマンはうなずきました。

「わたしには、帰る資格《しかく》もありません。妻《つま》には約束《やくそく》したのです。必《かなら》ずや、冒険《ぼうけん》をした意味を持ち帰るって…。妻《つま》は、こんなわたしに、笑顔《えがお》でうなずいてくれました。だから、全力《ぜんりょく》で見つける努力《どりょく》をします。わたしの夢《ゆめ》を妻《つま》も応援《おうえん》してくれている。その気持ちが、だめになりそうなわたしを、今日《きょう》まで励《はげ》まし続《つづ》けています。お金なんてちっともなくて、ダイヤは買えないけれど、熱《あつ》いハートだけは持ち帰ることができます。」

シンちゃんは、そう言うとほおを赤く染《そ》めました。

「カゾクハ、イイヨナア。キミノ、ワガママヲ、ミトメ、ハゲマシテクレル。キミハ、ホントウニ、スバラシイカゾクヲ、モッタナ。シカシ、カンガエテミルト、キミノ、ココロハ、イツモ、コウキシンデ、イッパイダ。キミノ、ココロッテイウノハ、ツマリ、ワタシノコトデ、ヨッテ、ワタシハ、ジュウブン、ハタライテイルッテ、ワケデ、シアワセヲ、カンジテイル。トコロデ、モウスデニ、キヅイテイルト、オモウノダガ、ハッキリサセテオクト、ネムッテイル、3ジカン、トイウノハ、タバコガ、ゲンインナンダ。」

ビッグマンの言葉に、しんちゃんは、大きくうなずいて言いました。

「やはり、そうでしたか。うすうす気づいていました。」

「タバコヲ、スウコトジタイ、ワルイコトデハナイ。スウトカ、スワナイトイウノハ、キミノ、ジユウダカラネ。シカシ、キミハ、タバコヲ、ヤメタイノニ、ヤメルコトガ、デキナイデイル。『ナンテ、ヨワイイシノ、モチヌシナンダ！』ト、ココロノ、ドコカデ、オモッテシマッテイル。ソレガ、ヨクナイ。ムズカシイ、コトバデイウト、『ザイアクカン』ト、イウノダガ、ソレガ、ゲンインデ、サイノウガ、スコシダケ、チカラヲ、ヌイテシマッテルンダ。ホンリョウヲ、ハッキデキテイナイデイル。」

「もしかして、堂々《どうどう》と、すえばいいってことですか？」

シンちゃんが、目をパチクリさせてたずねました。

「ソウトモ、トレル。ナニモキニセズ、オイシク、プカリプカリト、フカセレバヨイ。シカシ、タブン、イマノ、キミニハムリダ。」

「なぜですか?」

「ナゼナラ、キミハ、タバコノ、ヒガイヲ、ジュウブントイウホド、シリスギテシマッテイル。ザンネンダガ、シラナカッタコロニハ、モドレナイモノダ。」

ビッグマンがさびしそうに言うと、シンちゃんは、

「わたしの身体《からだ》なんて、どうでもいい。死《し》ぬのは、運命《うんめい》だと思っています。」

と、つぶやきました。

「ソウ、オモウノハ、スイタクナッタトキ、ジャナイカ? ハッキリ、イワセテモラウガ、ソレガ、キミノ、ワガママナンダ。キミノイノチハ、キミノモノデアリ、カゾクノモノデアリ、チキュウノモノナンダ。キミガイナクナッタラ、ドレダケ、オオクノヒトタチガ、カナシムダロウ。ソノ、カナシミヲ、ナミダノツブヲ、ソウゾウシテゴラン?」

ビッグマンは、語調《ごちょう》を強くして言いました。

「ありがとう。」

そう言うと、シンちゃんは目を閉《と》じました。しばらくして、目を開けると、

「ビッグマン、君がねむっていた3時間の意味がわかって、すっきりしました。しかし、残念《ざんねん》ながら、今、まさに、その原因《げんいん》のたばこがすいたくなってしまいました。ごめんなさい。一服《いっぷく》します。」

シンちゃんがポケットからたばこを出し、火をつけた瞬間《しゅんかん》、大事件《だいじけん》が起《お》きました。

「アレェー!」

ビッグマンが足をふみはずし、シンちゃんの手のひらからまっさかさまに落ちました。着地は、ふかふかのカーペットの上。運が味方《みかた》してけがひとつありませんでした。ビッグマンが青い顔をして、

「マッテ！　ソレヲスッタラ、タイヘンナジタイガ…！」

とさけびましたが、聞こえませんでした。何も知らないシンちゃんは、たばこをきもちよさそうに、ふかしました。

「うまいなあ。」

次の瞬間《しゅんかん》、シンちゃんは、ゴキブリになっていました。

「えっ、そんなばかな。」

みなさんは、大さわぎすることでしょう。とつぜん、フクロウがゴキブリに変身《へんしん》するなんて、聞いたことがありません。

じつは、こんなわけがあったのです。人間界《にんげんかい》には、『5日間でたばこを155本すったらゴキブリになる』という、妙《みょう》なおきてがあったのです。

もちろん、シンちゃんは何も知りませんでした。もし知っていたら、154本でやめていたでしょう。ビッグマンはそのことを知っていて、教えようとした時に、手のひらから足をすべらせたというわけです。もしも、みなさんのお父さんが、ヘビースモーカーだったら、今のうちに、教えてあげてくださいね。

エッちゃんとジンは、大さわぎ。だって、突然《とつぜん》、シンちゃんが消えてしまったのです。かわりに、部屋《へや》には、大きなゴキブリがいましたが、誰《だれ》もシンちゃんが変身《へんしん》したなどとは思い

ません。エッちゃんが、

「キャー！　ゴキブリ！」

と、黄色い声をあげた瞬間《しゅんかん》、シンちゃんは、自分の体をながめました。

「えっ、わたしがゴキブリ？」

まさかと思いながら、頭のてっぺんから足の先までながめまわすと、そのまさかが、一瞬《いっしゅん》でふきとばされました。

念《ねん》のためガラス窓《まど》にうつしてみると、頭には長いヒゲがつき、体は黒光りしています。誰《だれ》が見ても、どこから見ても、地球《ちきゅう》の人間《にんげん》たちからきらわれている、あのゴキブリの姿《すがた》でした。その時、

「待ちなさい！」

という声が聞こえ、シンちゃんはあわてて逃《に》げました。

エツちゃんは、そばにあった新聞紙を丸《まる》めると、ゴキブリを追いかけました。シンちゃんは、何度も、

「エッちゃん、わたしです。」

と言いましたが、ゴキブリ語はつうじなかったようです。エッちゃんは、

「うるさいゴキブリね。こっちを見て、何かしゃべってるわ。」

と言うと、今度は、ほうきをもって追いかけました。シンちゃんは運動神経《しんけい》がいいので、なかなかつかまりません。エッちゃんは、とちゅうであきらめてしまいました。

でも、シンちゃんも、それが限界《げんかい》でした。たばこのすいすぎで、長い時間逃《に》げ回ることはできなかったのです。息がきれました。

「ここに、かくれよう！」

と言うと、シンちゃんはほっとして、リビングのソファーの下に息をひそめました。

ソファーの色が、ミスティックブラックだったので、かくれみのにぴったりです。ここなら、しばらくみつからないでしょう。

シンちゃんの性格《せいかく》として、逃《に》げたりかくれたりするのは、好きじゃありません。でも、もし、たたかってつぶされたら、いっかんの終わり。命《いのち》はなくなってしまうのです。そんなことになったら、それこそ大変《たいへん》！

今は、なんと言ってもゴキブリの姿《すがた》なのです。人間《にんげん》とたたかったところで、勝ち目はありません。悲しいかな、小さいムシたちにとって、かくれるのが一番安全な方法《ほうほう》だったのです。

シンちゃんはほっとすると、とつぜん、ゴキブリになっている自分が理解《りかい》できて、目の前が真《ま》っ暗《くら》になりました。

「どうして、こんな姿《すがた》になってしまったんだろう？」

しかし、悲しいかな、何度つぶやいてもゴキブリのままでした。

シンちゃんのビッグマンは、ゴキブリの体に入ることもできず、ただ、おろおろして、背中《せなか》に乗っているのがやっとでした。

「シンチャン、ゴメンナサイ。ワタシガ、モウスコシハヤク、ツタエテサエイタラ、コンナコトニ、ナラナカッタノニ…。」

ビッグマンは、声をつまらせて、人間界《にんげんかい》のおきてを話しました。

「君のせいじゃないさ、わたしがたばこをすったのが原因《げんいん》なんです。すわなければ、こんな事態《じたい》は起《お》こりません。こんなことになるのなら、やめればよかったと思うけれど、今さら起《お》こってしまったことを、いくらなげいても、事態《じたい》はかわりません。そんなことより、これからのことを考えましょう。」

シンちゃんは、ビッグマンのことを気づかって、わざと明るく言いました。でも、

(もしかしたら、一生《いっしょう》このままかも…。)

と思うと、本当は、気がくるいそうなほど、こわかったのです。


天の上では、かみさまがこの様子《ようす》をじっと見ていました。

「あははっ、あいつ、けっこうやるな。強さと勇気《ゆうき》にくわえて、やさしさも、花丸《はなまる》!」

と言うと、地球《ちきゅう》のシンちゃんに向かって話し始めました。

かみさまの声はふしぎに満《み》ちていて、その生き物だけに伝《つた》わるようにできていました。

「シンちゃん、聞こえるか? わしは、天の上に住むかみじゃ。おどろかないで聞いてくれ。わしは、君を、『まぼろしの羽伝説《でんせつ》』のフクロウに任命《にんめい》する。」

「えっ、本当ですか? 人間《にんげん》になるのがわたしの夢《ゆめ》でした。どんなにうれしいことでしょう。でも、なぜ、わたしが…?」

シンちゃんの心臓《しんぞう》は、新幹線《しんかんせん》のように速《はや》くなり、はっているのも苦しくなりました。

「わけは、こうじゃ。君はフクロウでありながら、現状《げんじょう》の自分に満足《まんぞく》せず、人間界《にんげんかい》で自分さがしの旅《たび》を開始した。愛《あい》する家族とも別《わか》れ行動を起《お》こしたことは、わしに深い感動《かんどう》をあたえた。自分の生き方を問うている姿《すがた》は、まさに、真《しん》の人間《にんげん》のようにも見えた。いや、今の人間界《にんげんかい》には軟弱《なんじゃく》な人間《にんげん》が右往左往《うおうさおう》している。そんな人間《にんげん》たちより、よっぽどりりしく映《うつ》った。君を人間《にんげん》にしたら、どんな情熱的《じょうねつてき》な人間《にんげん》になるだろう。ひとことで言うと、君の人格《じんかく》が、わしの好奇心《こうきしん》を刺激《しげき》した

んじゃよ。」

「ありがとうございます。おほめにあずかり、光栄《こうえい》です。」

シンちゃんは頭を深々《ふかぶか》と下げました。でも、ゴキブリの姿《すがた》だったので、よくわかりませんでした。

「ところで、君は、人間《にんげん》になりたいという夢《ゆめ》をもって修行《しゅぎょう》にでてきたのに、現《げん》じつはきびしいものじゃのう。人間《にんげん》はおろか、ゴキブリの姿《すがた》に変身《へんしん》させられている。ワッハッハ！」

かみさまは、笑《わら》って言いました。

「かみさま、しんけんに悩《なや》んでいるときに、笑《わら》わないでください。」

シンちゃんは、少しむっとして言いました。

「ゴメン！　人生《じんせい》はうまくいかないということを、身をもって体験《たいけん》していることじゃろう。しかし、わしにはある目的《もくてき》がある。」

「目的《もくてき》って？」

シンちゃんは、すぐにたずねました。

「まあ、そうあわてなさんな。ゆっくりと説明《せつめい》しよう。地球上《ちきゅう》には、たくさんの生き物がいる。ダンゴムシに、ニジマスに、ウコッケイに、モモンガに、ナマケモノに…。数えあげたらきりがない。その中から、三つ、えっと…、フクロウとゴキブリと人間《にんげん》をとりだして、命《いのち》の重さくらべをしてみよう。ここで、質問《しつもん》じゃ。この三つの中で、命《いのち》の重さが一番重いのはどれだと思う？」

「それは…、みんな同じです。」

「ほーっ、なぜ、そう思う？」

かみさまの目が光りました。

「わたしは、今、ゴキブリの姿《すがた》をしていて、そう思いました。もしも、わたしがフクロウだったら、おそらく、『フクロウか人間《にんげん》』と答《こた》えていたでしょう。ゴキブリなんてムシの命《いのち》は、どうだっていい。ゴミ同然《どうぜん》に考えていました。あさはかでした。どうやら、自分より、下の生き物の命《いのち》は、軽《かろ》んじられる傾向《けいこう》があるようです。」

シンちゃんは、反省《はんせい》をしながら言いました。

「もしも、君が、人間《にんげん》として生まれついていたら、どう答《こた》えただろう?」

「まちがいなく、『人間《にんげん》』と答《こた》えていたでしょう。フクロウやゴキブリは、選択肢《せんたくし》から、すぐにはずされたことは確実《かくじつ》です。今、まさに、わたしがゴキブリになったからこそ、三つの命《いのち》の重さは同じだと思ったのです。この姿《すがた》になったことを、ずっと後悔《こうかい》ばかりしていたわたしですが、今、初《はじ》めて、ゴキブリに変身《へんしん》できたことを幸《しあわ》せに思います。このように、思考《しこう》の視点《してん》を変《か》えることで、物事《ものごと》の真理《しんり》が見えてくることがあります。」

シンちゃんの言葉に、かみさまは、また、笑《わら》って言いました。

「ワハハッ。君は、本当におもしろいことを言う。」

「かみさま、わたしはしんけんです。だって、そうでしょう? ゴキブリの時も、フクロウの時も、中の命《いのち》はわたしなんです。わたしとわたしの命《いのち》の重さは、くらべようがない。同じに決まっています。でも、それに気づいたのは、ゴキブリに変身《へんしん》したからなんです。」

シンちゃんは、大まじめに言いました。

「まさに、君は、選《えら》ばれるべくして選《えら》ばれた人(生き物)じゃ。今、わしは、あらためて、君を認定《にんてい》してよかったと確信《かくしん》している。」

「何度もほめてくださり、ありがとうございます。」

シンちゃんが、また、頭を深々《ふかぶか》と下げました。

「ほめているわけではないさ。わしはおせじがきらいでな。本心じゃよ。」

「ますます、光栄《こうえい》です。」

シンちゃんは、にこにこして言いました。

「ゴメン！　話がそれてしまった。えーっと、目的《もくてき》の話じゃったな。ある晩《ばん》、わしは、天の上から地球《ちきゅう》をながめていたんじゃ。その時、いたるところで、たくさんの命《いのち》が消えている現状《げんじょう》を知った。森林伐採《ばっさい》、空気や水や土壌《どじょう》の汚染《おせん》など、さまざまな環境破壊《かんきょうはかい》の中で生き物が住めなくなり、命《いのち》を落としている。この人間界《にんげんかい》は、視点《してん》が人間《にんげん》だから、人間《にんげん》中心の生活が営《いとな》まれている。しかたがない現状《げんじょう》かもしれない。しかし、それは、大きなまちがいなんじゃ。力の強いものが、ワンマンな経営《けいえい》をすると、いつか、しっぺ返しがくる。ムシを殺《ころ》したら、形を変《か》え人間《にんげん》たちの命《いのち》が消えていく。この世は公平で、じつにうまくできている。このままだと、人類は必《かなら》ずやほろぶ。わしは、人類滅亡《めつぼう》の危機《きき》がくる前に、人間《にんげん》たちに伝《つた》えたいんじゃ。命《いのち》の重さは、みな同じという真実《しんじつ》を。」

「かみさま、あなたの目的《もくてき》というのは、人間《にんげん》たちに、その真実《しんじつ》を伝《つた》えるということだったんですね。」

シンちゃんは、大きくうなずきました。

「フクロウもゴキブリも人間《にんげん》も、体の大きさはさまざまだけれど、みな尊《とうと》い命《いのち》を持った生き物なんじゃ。天秤《てんびん》に乗せ、どの命《いのち》が重いなんてくらべることはできない。その真実《しんじつ》を、人間《にんげん》たちに伝《つた》えるメッセンジャーとして、君が選《えら》ばれた。わしがメッセージの内容《ないよう》を言う前に、その真実《しんじつ》に気づいた君は、まさに、適役《てきやく》だったと確信《かくしん》したわけじゃよ。」

「アハハッ、そうでしたか。」

今度は、シンちゃんが笑《わら》いました。

「おいおい、笑《わら》わないでくれ。わしはしんけんなんじゃ。人間《にんげん》たちは、命《いのち》の重さは『同じ』だの『平等《びょうどう》』だのと口々《くちぐち》にさけびながら、実際《じっさい》はゴキブリをきらって、追い回している。同じ命《いのち》なら、そんなことをしてはならぬはずじゃ。しかし、人間《にんげん》たちは気づいていない。悪びれた様子《ようす》もない。どうしてだろう？　わしは長い間、ずっと考えてきた。そこで、ひとつわかったことがある。それは、人間《にんげん》としてのプライドが、平等感《びょうどうかん》のじゃまをしているという事実《じじつ》だった。」

「人間《にんげん》としてのプライド？」

シンちゃんは気になって、すぐ、たずねました。

「ああ、プライドさ。自分たちは、他《た》の動物たちより優《すぐ》れている。つまり、生物界《せいぶつかい》の頂点《ちょうてん》に位置《いち》しているといった優位《ゆうい》な気持ちさ。人間《にんげん》たちの心の中に、無意識《むいしき》に存在《そんざい》するプライドをおらなければ、この問題《もんだい》は永遠《えいえん》に解決《かいけつ》できないだろう。それじゃ、プライドをおるためには、どうしたらいいものか？　うーん…。わしは必死《ひっし》で考えた。来る日も来る日も考えた。しかし、人間《にんげん》が人間《にんげん》である以上《いじょう》、プライドなんて、簡単《かんたん》におれるものではない。何日たっても、なかなかいい方法《ほうほう》はみつからない。いらだったわしは、かみさまなのに、修行《しゅぎょう》が足りないと、今度は自分を責《せ》めた。しかし、責《せ》めたところで、解決《かいけつ》はしない。とにかく、プライドをおるいい方法《ほうほう》はないものか？　どんなことがあっても、この問題《もんだい》から逃《に》げてはならない。わしは、自分に言い聞かせ、考え続《つづ》けてきた。」

かみさまは、ここで言葉をとめました。

「考え続《つづ》けて…？」

シンちゃんは、ドキドキしてたずねます。

「とつぜん、ある考えがひらめいた。わしはこうふんしたさ。人間《にんげん》が人間《にんげん》である以上《いじょう》、プライドがおれないなら、人間《にんげん》が他《た》の生き物の体験《たいけん》をすればいいんじゃないかって。」

「なるほど…。」

シンちゃんの瞳《ひとみ》が光りました。

「具体的《ぐたいてき》には、こうじゃ。一つの命《いのち》に、3つの着ぐるみを着せて、3つの生物の実態《じったい》を体験《たいけん》してもらおうという作戦《さくせん》じゃ。なによりも体験《たいけん》が一番じゃないかってね。」

「もしかして、その体験者《たいけんしゃ》というのが、わたし？」

シンちゃんの瞳《ひとみ》に、星が灯《とも》りました。

「君は、じつにかんがいい！　そのとおりじゃ。すでにフクロウだったから、正しく言うと、着ぐるみに選《えら》んだのは、ゴキブリと人間《にんげん》のふたつだった。」

「ホーッ、つまり、わたしをゴキブリにしたのは、かみさまのしわざだっんですね。」

「ゴメン！　そのとおりじゃ。」

「ということは、次の着ぐるみは、夢《ゆめ》にまでみた人間《にんげん》ですか？」

シンちゃんが、おそるおそるたずねました。大きくさけんだら、夢《ゆめ》がやぶれそうな気がしたのです。

「もちろん。そのつもりじゃ。」

かみさまの笑顔《えがお》は、すべてを包《つつ》み込むやさしさにあふれていました。

「わーい、とうとう夢《ゆめ》がかなう！　あきらめずに、挑戦《ちょうせん》してよかったなあ。待望《たいぼう》の人間《にんげん》になれる。だけど、だけど…。」

シンちゃんが口ごもったので、かみさまは心配になって、

「どうしたんじゃ」

と、たずねました。

「トンカラ山にいる妻《つま》と娘《むすめ》たちは、フクロウのまま。わたしが人間《にんげん》になるのはうれしいけれど、考えてみたら、家族と会話できなくなるのはさびしいことです。」

シンちゃんは、ここまで考えていなかったようです。

「もしよかったら、トンカラ山から家族をよびもどし、同じ人間《にんげん》にしてあげよう。人間界《にんげんかい》に、一人《ひとり》じゃ、さびしいからね。」

「ありがとうございます。こんなに幸《しあわ》せなことはありません。」

シンちゃんの声は、うれしさでボールのようにはずんでいました。

「しかし、簡単《かんたん》ではないぞ。」

「何か?」

「わしは、ここで難問《なんもん》をくわえた。」

「ヒエー！　難問《なんもん》ですか?」

シンちゃんの声が裏返《うらがえ》りました。せっかく、人間《にんげん》になれると思ったのに、難問《なんもん》と聞いて、ショックを受けました。

「ゴキブリが人間《にんげん》になる。つまり…、簡単《かんたん》には、なれないということじゃよ。その問題《もんだい》は、これじゃ。」

かみさまはここまで言うと、ひと呼吸《こきゅう》おき、またすぐに話し始めました。

「それは、ゴキブリから、人間《にんげん》になるための『合《あ》い言葉』を、宇宙《うちゅう》のどこかで、人間《にんげん》の子どもに言わせることじゃ。制限《せいげん》時間は今晩《こんばん》の8時まで。できるかな?」

と言うと、かみさまの声は消えました。

「合い言葉《あ》？　いったい、何だろう？」

シンちゃんは、悩《なや》みました。でも、考えてどうなるものでもありません。それにわかったところで、その言葉を言うのは、子どもです。

「誰《だれ》か、わたしを救《すく》ってください。」

シンちゃんは祈《いの》りました。


ここは、春休みの学校です。その日、魔女《まじょ》先生のクラスの男の子が、忘《わす》れ物の色えんぴつを取りに来ました。学級委員のすぐる君です。

すぐる君は、自分の教室へ入ると目をぱちくりさせて言いました。めがねのおくがまん丸《まる》になっています。

「あれっ、魔女《まじょ》先生ったら、こんなのおいてる。道徳の時間に、命《いのち》の重さはみな同じって教えてくれたばかりなのに…。」

とつぶやくと、床《ゆか》にしかけてあった、『ゴキブリサッサ』を手に取りました。中を開き、

「セーフ。魔女《まじょ》先生には悪いけれど、1匹《びき》もかかってない。」

と言うと、にこにこしてごみばこに捨《す》てました。

最近《さいきん》のゴキブリたちはひと昔前《むかし》と違《ちが》って、すぐにだまされないよう、研修《けんしゅう》をつんでいました。『エサに近寄《ちかよ》るな！』とか、『甘《あま》いにおいにご用心《ようじん》！』などの勉強会で、不用意《ふようい》に近づいたりすぐに食べたりしないよう、忠告《ちゅうこく》を受けていたのです。

すぐる君が、「命《いのち》の重さはみな同じ」ってさけんだ時、シンちゃんは、とつぜん、人間《にんげん》に変《へん》身《しん》！　したのです。

シンちゃんの夢《ゆめ》が、かなった瞬間《しゅんかん》でした。ビッグマンは、どうしたかって？　もちろん、シンちゃんの体の中に入りました。

どんな姿《すがた》になったかって？　それは、ないしょです。あんまり、くわしく書くと、正体《しょうたい》がばれてしまいますからね。

合《あ》い言葉は、『命《いのち》の重さはみな同じ』だったのです。そうそう、シンちゃんの家族は、すぐにトンカラ山から呼《よ》びもどされて、人間界《にんげんかい》で仲良《なかよ》くくらしたということです。

16　エトセトラスーパーテスト

「シンちゃん、どこへいったの？」
エッちゃんは泣《な》きさけび、まるで、くるったようにさがし回りました。
近くの公園や森、神社や空き地や家の軒下《のきした》まで…。何時間、走り回ったことでしょう。あたりは、だんだんうす暗くなっていました。いなくなったのは午前十時ころですから、もう7時間もさがしている計算になります。
しかし、どこにも見あたりません。エッちゃんは、だんだん心配になってきました。シンちゃんは冒険《ぼうけん》の間、一睡《いっすい》もしていないのです。

（無理《むり》がたたって、どこかで、たおれているのではないかしら？　それとも、たばこのすいすぎで胸《むね》が苦しくなったりして…。）

エッちゃんは、しだいに、心がひりひりして、いてもたってもいられなくなりました。冷静《れいせい》なジンは、

「ふしぎだな。ついさっきまで、部屋《へや》にいたはずのシンちゃんが、とつぜん消えてしまうなんて…。何か大きな事件《じけん》にまきこまれてしまったのでは？」

と、つぶやきました。

シンちゃんが何も言わず、部屋《へや》を出て行くはずはありません。とつぜん、いなくなったということは、何かあったと考える方が自然《しぜん》でした。

「シンちゃんは、きっともどってくる。家で待とう！」

「そうね！　あたしたち、トンカラ山の親友だもの。きっと連絡《れんらく》があるはず…。信じましょう。」

エッちゃんとジンは、部屋《へや》で待つことにしました。

その時、

「トントントン。」

ドアをたたく音がしました。

「シンちゃん？」

エッちゃんが、あわててドアを開けると、ウメ姉《ねえ》さんのコピーが戸口に立って、

「シンちゃんでなくて、ごめん。ところで、わたくしは発明品《はつめいひん》を取りにきたの。」

と、言いました。

「そうだった！　とにかく、中に入って！」

エッちゃんは、ついうっかり忘《わす》れてしまうところでした。

ウメ姉《ねえ》さんのコピーが部屋《へや》の中に入ると、うしろから、カズちゃんがシャナリシャナリついてきました。ジンの胸《むね》の中で、告白《こくはく》の愛《あい》のカネがひとつ、チリンと鳴《な》りました。

（よし、今日《きょう》こそ、食事の約束《やくそく》をしよう。カズちゃんは、どんな料理が好きかな？　和食だったら、となり町にオープンした『サンマごてん』がいいかな。あそこのサシミ定食は、ちょっと高いけれど、イキがいい。中華《ちゅうか》だったら、駅前《えきまえ》のホテルの12階にある『再会《さいかい》』。お魚づつみの中華《ちゅうか》まんが、大ヒットしているって聞いた。）

ジンはあれこれ想像《そうぞう》し、にやにやしました。

「ジン、あんた、このいちだいじに、何を笑《わら》っているの？」

エッちゃんの言葉に、ウメ姉《ねえ》さんのコピーは目を丸《まる》くして、

「いちだいじ？　何かあったの？」

と、たずねました。

「シンちゃんがいなくなったの。」

エッちゃんが答《こた》えながら、ぶるぶるとふるえました。

「シンちゃん？」

と聞き返しました。わかるはずありません。ウメ姉《ねえ》さんのコピーは、

「ついさっきまで、いっしょに冒険《ぼうけん》をしていた仲間《なかま》よ。シンちゃんていう名前のフクロウさんなの。おどろかないでね。あたしたちとおんなじ、トンカラ山の出身《しゅっしん》よ。とつぜん、消えてしまっ

たの。」

「フクロウさんが消えた？」

「ええ。」

エッちゃんがこっくりうなずくと、ウメ姉《ねえ》さんのコピーは笑顔《えがお》になって言いました。

「エッちゃん、心配はいらない。ちょうど、そのことについても、わたくしから伝《つた》えようと思っていたところよ。ここへくる前に、かみさまから連絡《れんらく》があったばかりなの。」

「かみさまからの連絡《れんらく》？」

エッちゃんの瞳《ひとみ》が光りました。

「ええ、そうなの。かみさまからの連絡《れんらく》なんて、聞いたことがないでしょう。わたくしも初《はじ》めてだったから、おどろいちゃったわ。エッちゃんが心配しているだろうから、ぜひ伝《つた》えてほしいって…。」

「はやく教えて！」

エッちゃんが、せかしました。

「わかったわ。あのね、かみさまは、エッちゃんと冒険《ぼうけん》していたフクロウを、『まぼろしの羽伝《でん》説《せつ》』のフクロウに任命《にんめい》したらしいの。どうやら、その確率《かくりつ》は、無限大分《むげんだいぶん》の1だったそうよ。」

「すっ、すごい！　無限大分《むげんだいぶん》の1？　シンちゃんたら、さすがね。」

エッちゃんは目を細めました。

「うーん、やはりそうだったか。ただ者ではないと思っていた。」

ジンは、いつか、シンちゃんの羽が七色に輝《かがや》いていたのを思い出して言いました。

「おどろかないでね。なんとっとっとっと、シンちゃんは、あこがれの人間《にんげん》になったんだって…。」

ウメ姉《ねえ》さんのコピーは、こうふんして言いました。

「えっ、人間《にんげん》に…！　すっごい！　シンちゃんたら、とうとう夢《ゆめ》を実現《じつげん》したんだ。おめでとう。」

エッちゃんが、窓《まど》の外に向かってつぶやきました。でも、少しすると、心の中にさびしさが広がってきました。

（せっかく友だちになれたと思ったら、もうお別《わか》れ…。シンちゃんとは、これから何でも話せる親友になれる予感《よかん》がしていたんだけどな。あーあ、お別《わか》れも、満足《まんぞく》にできなかった。）

エッちゃんの心は、まるでハチミツとシブガキのミックスジュースみたいです。あまいのと苦いのがいりまじって、ふくざつな気持ちになりました。

「事件《じけん》にまきこまれてなくてよかった。」

ジンはほっとして、胸《むね》をなでおろしました。

「ところで、発明品《はつめいひん》は、お役に立てたかしら？」

ウメ姉《ねえ》さんのコピーは、エッちゃんの顔をじっと見つめました。

「もちろん！　今回は子どもたちと、そして、あたしたちも使わせてもらったの。」

「あたしたちって？」

「ぼくもです。ぼくのビッグマンは、半分もねていました。」

ジンが、はずかしそうに言いました。

「いい方よ。確《たし》か、エッちゃんのは、ずっとねむっていた、でしょう？」

「そのとおり！　あたしのビッグマンなんて熟睡《じゅくすい》よ。ぜんぜん、起《お》きてなかった。でも、会話しているうちに、自分の心が少しずつ見えてきた。人生《じんせい》の目的《もくてき》は何か？　どんな先生になりたいのか？　子どもたちに伝《つた》えたいメッセージは？　など…。ふだん、あまり考えないでとおり過《す》ぎてしまうことを、じっくりと考えることができた。」

エッちゃんは、うれしそうに言いました。

「それはよかった。ウメ姉《ねえ》さんには、よく伝《つた》えておくわ。発見器《はっけんき》は大成功《せいこう》だって…。きっと、顔をくしゃくしゃにして、すぐに、次の発明《はつめい》を開始するでしょうよ。さーて、帰らなくちゃ。」

「ウメ姉《ねえ》さん、せっかくきたんだもの。お茶くらい飲んでいって！」

「そうもいかないの。帰ってから、かみさまと、ウメ姉《ねえ》さんに報告《ほうこく》をしなくちゃ。二人《ふたり》とも、けっこうせっかちなの。」

と言うと、ウメ姉《ねえ》さんのコピーはカズをだきあげて、ドロンときえました。

「カズちゃん、待って！」

そう、ジンの計画は、今回も実行《じっこう》されぬまま終わってしまいました。


さて、エッちゃんは、今日《きょう》も宝《たから》ばこの前でじゅもんをとなえます。このはこが開けば、心を持った人間《にんげん》になれるのでした。

「パパラカホッホ、あたしったら、今まで、人生《じんせい》の勝ち負けを、出身地《しゅっしんち》や学歴《がくれき》でとらえようとしてた。ポッポッポッ、立派《りっぱ》な履歴《りれき》がない自分は、立派《りっぱ》な先生になれないとかんちがいをしてた。パパラカホッホ、トンカラ山出身《しゅっしん》でも、すてきな先生になれる。ピッピピッピピッ、人生《じんせい》は、きっと勝ち負けじゃない。ピッピッ、どれだけ感動体験《かんどうたいけん》ができるかってこと。パパラカホッホ、だから、子どもたちといっしょに活動したい。ホッホッ、同じ目線《めせん》で語りたい。ホッホッホッホッ、未来の子どもたちに伝《つた》えたいこと。それは…、パパラカホッホ、パパラカホッホ、えっと、人《にん》間《げん》たちの心の中には、必《かなら》ず、ピッピッポップ、１ムーンずつ才能《さいのう》がねむっていること。ビッグマンを起《お》こせば、夢《ゆめ》は絶対《ぜったい》にかなうこと。パパラカホッホ、ピッピピッピピッ、パパラカホッホ、自分を信じて夢《ゆめ》に挑戦《ちょうせん》すること。ラッタッタッタッ、一歩一歩努力《どりょく》すること。チッタッタッタッ、小さな努力《どりょく》でも続《つづ》けていれば、いつか、必《かなら》ず大きな花が咲《さ》くこと。テットットットッ、かみさまがプレゼントしてくださった、輝《かがや》かしい才能《さいのう》に乾杯《かんぱい》！　パパラカホッホ、パパラカホッホ、パパラカホッホ、ホッホッ。才能《さいのう》に気づかせるビッグマン発見器《はっけんき》。ポッポッ、ウメ姉《ねえ》さんの偉《い》大《だい》な発明品《はつめいひん》なり。ピッピッ、これがなくても、すべての人に伝《つた》えたい。パパラカホッホ、パパラカホッホ、パパラカホッホ、心の中にビッグマンがいることを…。だから、心で対話をしよう。さあピポプペパッパ。あたし、子どもの心がわかるほんものの先生になりたい。パッパッパッパッ、これからも、修行《しゅぎょう》を積《つ》んで、いつの日か、ほんものの人間《にんげん》になれますように。サッサッラッタッ、笑顔《えがお》は幸《しあわ》せを運んでくれる。だから、いつの日もにっこり笑顔《えがお》でいよう。ニッニッニッ、ハイ、チーズ！　パパラカホッホ、パパラカホッホ、パパラカホッホ…。」

エッちゃんは宝《たから》ばこの前で手を合わせました。今日《きょう》もやっぱりあきません。宝《たから》ばこのふたは、ぴったりと閉《し》まったままです。

ここは、故郷《ふるさと》のトンカラ山。魔女《まじょ》ママとパパは、こんぺいとうテレビにくぎづけです。

「パパ、エッちゃん、また合格《ごうかく》ね。」

魔女《まじょ》ママは、こうふんして言いました。

「ああ、連続《れんぞく》の合格《ごうかく》だ。エッちゃんは、人間界《にんげんかい》で本当によくがんばっている。」

パパは、目を細めて言いました。

「さすが、わたしたちのじまんの娘《むすめ》だわ。」

「ママ、今晩《こんばん》は乾杯《かんぱい》といこう！」

「待ってました！」

魔女《まじょ》ママは、とだなから、とっておきのワインを取り出して冷《ひ》やしました。こんな時のために、準備《じゅんび》してあったのです。

「ところで、今回はどんなテストだい？」

魔女《まじょ》ママは、本立てから魔女図鑑《まじょずかん》を取り出すと、めがねをかけ、ページをめくりました。

「えーっと、『人間《にんげん》と魔女《まじょ》・エトセトラスーパーテスト』の六つ目。難易度《なんいど》は高しと書いてあるわ。エッちゃんたら、今回も、本当によくがんばった。」

どんな内容《ないよう》かって？


心の中に、ビッグマン（才能《さいのう》）がねむっているることに気づき、夢《ゆめ》に向かって、全力《ぜんりょく》で努力《どりょく》することができる。

17 シンちゃんが先生になる！

四月。サクラがまい散《ち》る校庭に、新しい先生が入ってきました。背《せ》が高く、髪《かみ》はさわやかなショートカット。でも、頭の真ん中あたりの髪《かみ》は、ちょっぴり持ち上がっています。始業式の日、体育館で、新しい先生の紹介《しょうかい》がありました。

「あれっ、この顔、どこかで見たことあるなあ。誰《だれ》だっけ？」

魔女《まじょ》先生は、必死《ひっし》で思い出そうとしました。初《はじ》めてなのに、以前《いぜん》、会ったことがあるような、なつかしさがありました。

「わたしの名前は、『フクロウシンイチ』です。」

その瞬間《しゅんかん》、魔女《まじょ》先生は、

「あっ！」

とさけびました。

「魔女《まじょ》先生、静《しず》かにして！」

「いつも、魔女《まじょ》先生が言ってるでしょう。」

子どもたちが注意しました。

「ごめんなさい。」

その時、エッちゃんの心にあった扉《とびら》のカギがみつかりました。

もう、永遠《えいえん》に開かないと思っていた扉《とびら》のカギでした。エッちゃんは、おそるおそるカギ穴《あな》に入れると、なんと、ぴったりです。右に回すと、

「ガチャッ！」

軽快《けいかい》な音をたて、開きました。

　エッちゃんの心はドキドキが大きくなり、パチパチはじけたい気分です。

「もしかしてシンちゃん？」

「たぶん、そうよね？」

「絶対《ぜったい》、そうでしょう？」

エッちゃんは心の中でたずねます。

　きっと、そうにちがいありません。100パーセントの自信があるから、魔女《まじょ》先生は決して、たずねません。

それに、もしたずねたら、シンちゃんがフクロウになって、どこかへいってしまいそうな気がするのです。

フクロウ先生は、子どもたちから、『シンちゃん先生』と呼《よ》ばれ、親しまれていました。ところで、あんなにすっていたたばこは、どうしたかって？　さすが、みなさん。いい質問《しつもん》です。静《しず》かに聞いてくださいね。シンちゃんは、きっぱりとやめたのです。

「えっ、あんなにヘビースモーカーだったのに。よくやめられたわねぇ！」

ここでも、みなさんのおどろきの声が聞こえます。ふしぎでしょう？

シンちゃんは、以前《いぜん》から、健康《けんこう》のためにやめたいと思っていました。でも、なかなかやめられません。

「うーん…。たばこをやめるいい方法《ほうほう》はないかなあ！」

長い間、考えて考えて考え抜《ぬ》いて、ひらめいたのが、『チョーク作戦《さくせん》』でした。

「チョーク作戦《さくせん》？」

みなさんの声が大きくなってきたので、ここで簡単《かんたん》に説明《せつめい》しましょう。

みなさん、こちらに、耳をかたむけてくださいね。ここだけの秘密《ひみつ》ですが、シンちゃんは禁《きん》煙《えん》をするために、先生になったんですって…。

えっ、先生になると、本当に禁煙《きんえん》できるのかって？　ここでも、みなさんのおどろきの声が、聞こえてきます。もし、これができるのなら、

「禁煙《きんえん》したい人は、先生になあれ！」

って、ことになります。

じつはね、たばことチョークって、とってもよく似《に》てるでしょう。白くて細長いところなんて、そっくりです。シンちゃんは、ここに目をつけたのです。

チョークを手にしているだけで、たばこをすっている気分になれました。

「そんなばかな。ヘビースモーカーの人たちにとって、あのけむりがやめられないんじゃないの。」

それも、一理《いちり》あるでしょう。

こう考えてみると、やめられない理由《りゆう》は、人によって様々《さまざま》なようです。シンちゃんは、たばこを持っている感覚《かんかく》がすべてだった。つまり、白くて細長いものであれば、たばこだろうと、チョークだろうとかまわなかったのです。これが、さっき述《の》べた『チョーク作戦《さくせん》』でした。

「この仕事なら、たばこをすいながら仕事ができる。」

そんな魅力《みりょく》にとりつかれて、先生になったのです。

これで、秘密《ひみつ》が解《と》けたでしょう。シンちゃんは、たばこのかわりに、チョークを持って、禁煙《きんえん》したのです。

始めのうちは、まちがって、チョークに火をつけたこともあったみたいですが、今は、そんなこともなくなったようです。

たばこがすいたくなると、チョークを持って、授業《じゅぎょう》をする。そんなわけがあって、フクロウ先生のクラスの黒板は、いつも文字がいっぱいでした。

とつぜん、真夜中《まよなか》も授業《じゅぎょう》をすることがあって、『フクロウ学校』という、名前がついたそうです。

シャンシャン!!!

その学校は、今も、この広い地球上《ちきゅう》のどこかにあるそうですよ。ほら、君の学校かもしれません。

♠ エピローグ

人間《にんげん》たちの体から、
抜《ぬ》け出してきたビッグマンは、
フーワリ　フワリ　空を泳ぎ、
宇宙《うちゅう》にもどってきます。
たとえ着ぐるみがなくなっても、
何度でも生き続《つづ》けます。

ある日のこと、
ねむってばかりいるビッグマンに、
かみさまが言いました。
「君たちの体はあかまみれだ。
　お風呂《ふろ》に入って、
　あかを落としてきなさい！」

水星のお風呂《ふろ》に入って、
体をゴシゴシこすると、
あかがポロポロ落ちました。
あかの正体《しょうたい》は『なまけ』でした。
ビッグマンの体は、
透《す》きとおってみえなくなりました。

お風呂《ふろ》の水には、
『努力《どりょく》』と書いてありました。
かみさまは、ビッグマンに、
「努力《どりょく》すればあかはたまらない。
　いつも、透明《とうめい》でいるよう努力《どりょく》しなさい！」
と、言いました。

あとがき

地球に『インフルエンザ怪獣《かいじゅう》』がやってきた。風にのり、大きなキバをむきだして、足音をたてずにやってきた。人間たちの体に入って大暴《あば》れする。その怪獣《かいじゅう》の正体《しょうたい》は不明《ふめい》。なぜなら、とてつもなく小さくて姿《すがた》が見えないからだ。どこにいるのかわからない。だから、人間たちはマスクをする。今度は、地球のいたる所で、『マスク怪獣《かいじゅう》』が出現《しゅつげん》。顔の半分は白く、目しか出ていない。妙《みょう》な顔。だれもかれも似《に》て見える。このまま続いたら、いつか鼻と口が退化《たいか》してしまうのではないだろうか？　そんな不安《ふあん》もよぎる。もしも、そうなったら、呼吸《こきゅう》が困難《こんなん》になり、食べられない…。目玉だけの人類出現《じんるいしゅつげん》？　ヒェー！

わたしの想像《そうぞう》はどこまでも続く。

（しまった！　また、悪い癖《くせ》が始まった。）

というわけで、正気に戻《もど》ってペンをとります。


その怪獣《かいじゅう》は、いろんなイベントや行事をぶっつぶす。本校でも、市内音楽会に、職場体験《しょくばたいけん》に、月例リレーに、さわやかコンサートに、ありがとう集会に、影絵鑑賞会《かげえかんしょうかい》…。まだまだ続く。これでは、真の教育がなりたたない。感染《かんせん》を防《ふせ》ぐため、『人と接触《せっしょく》するイベントは中止せよ！』というのだ。そもそも学校教育は、学び合うところに大きな意味がある。大ピンチ！　もし、この現《げん》象《しょう》がおさまらなかったら、やがて学校は閉鎖《へいさ》され、それぞれが個で生きていくことになるだろう。

　しかし、インフルエンザ怪獣《かいじゅう》はいたって平静《へいせい》。人間たちの不安《ふあん》をよそに猛《もう》威《い》を奮《ふる》い、ありとあらゆる行事をぶっとばし、いっこうにおさまる気配《けはい》がない。何かの映画《えいが》を見ているような気さえしてくる。まるで、夢《ゆめ》のような現実《げんじつ》！　いやいや、もしかしたら、これは長編《ちょうへん》の夢《ゆめ》のオープニングかもしれぬ。そんな気さえしてくる。

　とにかく、人間界は大パニック！　おそらく、何かにためされている。弱肉強食でトップの座《ざ》をもつ人間たちに、最後のメッセージを送っているのかもしれぬ。

「人間たちよ。地球はいろんな命《いのち》の集まりじゃ。君たちだけで地球が回《まわ》っているのではないぞ…。今を性急《せいきゅう》に生きるのではなく、遠い未来《みらい》を見つめ、すべての生きとし生けるものにやさしいまなざしを向けなさい。」

と…。今この世の中に必要《ひつよう》不《ふ》可欠《かけつ》なことは何もないと信じているわたしに、インフルエンザ怪獣《かいじゅう》はそう語りかける。

「チチンプイプイ！　この本ができあがるころには、インフルエンザ怪獣《かいじゅう》がいなくなり、健康《けんこう》な地球にもどっていますように…。」

　さて、職場《しょくば》には元気な子どもがいて、たえず新鮮《しんせん》な風を送ってくれる。年をとってシワが増《ふ》えても白髪《しらが》が生《は》えてきても、心は永遠の二十代でいたいと願《ねが》う。どんな若返《わかがえ》りの薬より、子どもたちといる方がよく効《き》くにちがいない。

先が見えず、ふと立ち止まった時には、同僚《どうりょう》が声をかけてくれる。

「大丈夫《だいじょうぶ》？」

真剣《しんけん》に話を聞き、的確《てきかく》にアドバイスをしてくださる。そんな時。

（わたし、人間に生まれてきてよかったあ！）

と、しみじみ思う。

本校の先生方はみんなあたたかい。困《こま》っている人がいるとほっておかない家族的集団だ。

職場《しょくば》は目に見えない『信頼《しんらい》』という絆《きずな》でむすばれている。

研修会《けんしゅうかい》や会議では、意見交換《こうかん》が活発に行われる。思ったことや感じたことは、はっきりと口にする。でも、何をいっても人間関係《かんけい》はぎくしゃくしない。なぜなら、心の根底《こんてい》にあるのは、『子どものため』。教師《きょうし》の願《ねが》いはひとつである。

今日も、笑《わら》い声が、ほらっ…！　あちこちにこだましている。

この本は、そんな心やさしい日常《にちじょう》から生まれた。だから、子どもたちに感《かん》謝《しゃ》！　同僚《どうりょう》に感謝《かんしゃ》！

そして、地球上の生きとし生けるものに感謝《かんしゃ》！

この本をフクロウのシンちゃんに捧《ささ》ぐ

あとがき

橋立悦子（はしだてえつこ）

本名　横山悦子

1961年、新潟に生まれる。
1982年、千葉県立教員養成所卒業後小学校教諭になる。
関宿町立木間ケ瀬小学校、野田市立中央小学校、
野田市立福田第一小学校で教鞭をとり、
現在、我孫子市立第四小学校勤務。
〈著書〉〈絵本：魔女えほんシリーズ〉　1巻〜15巻。
〈童話：魔女シリーズ〉1巻〜16巻。
〈絵本：ぼくはココロシリーズ〉1巻〜5巻。
〈ポケット絵本〉「心のものさし—うちの校長先生—」
「幸せのうずまき—あなたにであえて…—」
「人生はレモンスカッシュ」
〈絵本：もの知り絵本シリーズ〉「ピペッタのしあわせさがし—十二支めぐり—」
他に〈子どもの詩心を育む本〉12冊がある。
（いずれも銀の鈴社）

NDC913
槗立悦子　作　　2010
神奈川　銀の鈴社
240P　21cm（魔女とビッグマン発見器）

定価＝一二〇〇円＋税

魔女シリーズNo.16
鈴の音童話
魔女《まじょ》とビッグマン発見器《はっけんき》

二〇一〇年三月三日（初版）
著　者――槗立悦子 作・絵©
発行者――柴崎　聡・西野真由美
発　行――㈱銀の鈴社　http://www.ginsuzu.com
〒248-0055　神奈川県鎌倉市雪ノ下3-8-33
電話　0467（61）1930
FAX0467（61）1931

ISBN978-4-87786-736-2 C8093

印刷・電算印刷　製本・渋谷文泉閣
〈落丁・乱丁本はおとりかえいたします。〉

いま全国の図書館で人気のシリーズ！

魔女シリーズ

楢立悦子《はしだてえつこ》／作・絵

A5判　本体価格 各.1200円
日本子どもの本研究会選定

No.5

どうぶつまき 手まき魔女《まじょ》

A5 228頁
第19回コスモス文学奨励賞受賞

魔女のエッちゃんがおしいれでみつけた、ルビー色に光る古ぼけた時計は、過去へとすすめる不思議な時計。大魔女たちとの大冒険！

NDC K911 ISBN4-87786-707-4 C8093／2000.3

No.6

どうぶつ星《ぼし》へ魔女《まじょ》の旅《たび》

A5 210頁
第74回コスモス文学新人賞入選

大魔女がつくったシャボン玉星は、10本あしのカメの星やしっぽのないリスの星。
さあ、ふしぎなどうぶつ星へレッツ・ゴー！

NDC K911 ISBN4-87786-708-2 C8093／2000.6

No.7

コンピューター魔女《まじょ》の 発明品《はつめいひん》

A5 208頁

コンピューター魔女のおみやげは、サファイア色のヘッドホン。
あおい海と波のような音楽は、なんと世紀の大発明！

NDC K911 ISBN4-87786-709-0 C8093／2000.11

No.8

ドレミファソラシ姉妹《しまい》の くせたいじ

A5 210頁

れいぎ知らずにみえっぱり。
どろぼうぐせにちらかしや。
なくてナナクセのこまったクセをたいじする、そんな魔法があるのかな……？

NDC K911 ISBN4-87786-710-4 C8093／2001.3

No.1

魔女《まじょ》がいちばん ほしいもの

A5 212頁
第68回コスモス文学新人賞
（児童小説部門）受賞

あわてんぼうの小魔女のエッちゃんが、なんと学校の先生に！相棒の白ネコのジンと大好きな子どもたちに囲まれて…。さて、エッちゃんは立派な魔女になれるかナ？

NDC K911 ISBN4-87786-703-1 C8093／'98.8

No.2

魔女《まじょ》にきた星文字《ほしもじ》のてがみ

A5 212頁
第70回コスモス文学新人賞
（児童小説部門）受賞

夜空にまたたくサソリザや天の川。その星たちから、魔女先生に星文字のてがみがきました。魔女のエッちゃんは、相棒の白ネコのジンと一緒に、さっそく宇宙へと旅立ちます！

NDC K911 ISBN4-87786-704-X C8093／'99.7

No.3

魔女《まじょ》にきた海《うみ》からの てがみ

A5 216頁
第71回コスモス文学新人賞
（児童小説部門）入選

海のけいさつかん、タツノオトシゴから、魔女のエッちゃんにてがみがきた！　海一番の大きなたまごをさがしに、ひとりと1ぴきの大冒険がはじまります。

NDC K911 ISBN4-87786-705-8 C8093／'99.8

No.4

大魔女《おおまじょ》がとばした シャボン玉星《だまぼし》

A5 216頁
第72回コスモス文学新人賞
（児童小説部門）受賞

むかーしむかしの、そのまたむかし。エッちゃんのご先祖さま、大魔女のお話です。大魔女がとばしたシャボン玉は、宇宙までとんで10個の星になりました……。

NDC K911 ISBN4-87786-706-6 C8093／'99.12

No.13

魔女《まじょ》とふしぎなサックス

A5 192頁

ジャズの大好きなテツロウは、なんと『心のマッサージやさん』！　生み出す曲は、人のハートを刺激する『魔法のメロディ』。テツロウのサックス演奏で、エッちゃんとジンは、人間の脳に挑戦です！

NDC K911 ISBN4-87786-733-3 C8093／2004.11

No.14

パステル魔女《まじょ》と オニたいじ

A5 208頁

絵かきのパステル魔女からのプレゼント。その絵の中から飛び出したのは一寸法師とお姫さま!?　現世によみがえり、人間の心にすみつくオニをたいじする、大冒険にレッツ・ゴー！

NDC K911 ISBN4-87786-734-1 C8093／2006.3

No.15

魔女《まじょ》と7人の小人《こびと》たち

A5 256頁

魔女のエッちゃんに助けを求めてきたのは、なんと『白雪姫』の7人の小人たち！　小人たちが抱えるそれぞれの悩みとは…。
魔法のかがみで小人の夢を叶えるため、エッちゃんと相棒の白ネコ、ジンがほうきに乗って大活躍!

NDC K911 ISBN978-4-87786-735-5 C8093／2008.11

No.16

魔女《まじょ》とビッグマン発見器《はっけんき》

A5 240頁

コンピューター魔女から届いた発明品は「ビッグマン発見器」。神様からプレゼントされたビッグマンは、一人一人に必ず存在する才能。こんどはフクロウのシンちゃんも加わって、一人と一匹と一羽の大冒険がはじまるよー！

NDC K911 ISBN978-4-87786-736-2 C8093／2010.2

No.9

カラスのひな座《ざ》へ 魔女《まじょ》がとぶ

A5 192頁

エッちゃんの家のハト時計。
時を告げてくれるハトが、ある日突然カラスに変身？
エッちゃんとジンの大冒険に、天使のたまちゃんも仲間入り。

NDC K911 ISBN4-87786-711-2 C8093／2001.4

No.10

ドラキュラのひげを つけた魔女《まじょ》

A5 170頁

魔女のスミーの発明品は魔法パワーのひげ7こ。こんどはひげをつけたエッちゃんとジンの大冒険。はじまり、はじまりー。

NDC K911 ISBN4-87786-712-0 C8093／2001.5

No.11

地球《ちきゅう》の8本足を 旅《たび》した魔女《まじょ》

A5 194頁

地球には足が8本もあったって！　いつもはこっそり隠している8本の足。それをひっぱりだすオマジナイって？　エッちゃんとジンの大冒険。地球の足の探検です。

NDC K911 ISBN4-87786-715-5 C8093／2001.12

No.12

やまんばと魔女《まじょ》の たいけつ

A5 212頁

人間界での修行10年のお祝い旅行は、ユリの精からのプレゼント。
カッパの運転の雨だれ電車で、とうとうやまんばと対決だァ！

NDC K911 ISBN4-87786-732-5 C8093／2003.4

心の絵本!

ぼくは ココロ 1巻～5巻

(5·6歳～おとなまで)

ぼくはココロシリーズ
すずのねえほん

オールカラー　B5判
各1,200円(税別)
はしだて えつこ　作·絵

- ぼくはココロ① けんかしちゃった!
- ぼくはココロ② こころがみえない?
- ぼくはココロ③ ぼくはわるくない!
- ぼくはココロ④ いちばんのたからものって?
- ぼくはココロ⑤ じゆうなこころで!

①
けんかしちゃった!

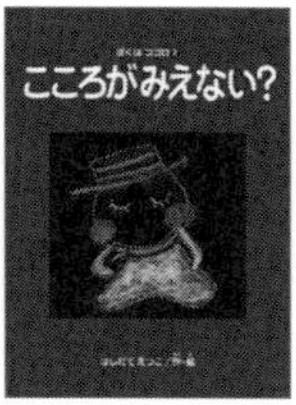

②
こころがみえない?

③
ぼくはわるくない!

④
いちばんの
たからものって?

⑤
じゆうなこころで!

さあ、ココロくんと一緒《いっしょ》に
心《こころ》の中《なか》をのぞいてみよう!

かわいいココロくんがナビゲートしてくれる心の世界。

友だちのいない寂しさ、けんかや誤解。親との葛藤。

小さな子どもから大人まで、誰でも体験する心の痛みや喜びをダイナミックに描いた新しい絵本の登場です!

ちょっと難解な心象風景も、ココロくんのナビゲートで、うなずき共感しながらページを手繰っていける絵本。

ピペッタのしあわせさがし 12支めぐり

オールカラー　B5判　1,200円（税別）
はしだて えつこ　作・絵

（もの知り絵本）

影からうまれたピペッタがしあわせさがしの旅にでます。ピペッタと旅をしながら12支を覚えられる楽しい絵本。

十二支の豆知識や英単語もついてるヨ！

Bigman